目次

登場人物

七木田亜月《ななきだあづき》
就活に57連敗の後、あやかしクリニックに医療事務として就職。
守護霊は毘沙門天。

新見天護《にいみてんご》
クリニックの院長。天邪鬼のクォーター。淡麗系メガネ白衣。

吉屋尊琉《よしやたける》
クリニックの理事長。貧乏神のハーフ。ホスト系イケメン。

春司《ハルジ》・アリムジャノフ
薬局の管理薬剤師。座敷童子のクォーター。アイドル弟系。

八丈清来《はちじょうせいらい》
ガラの悪い疱瘡神の始祖。

富広那義《とみひろなぎ》
広目天に仕える富単那のクォーター。チャラ系社労士。

古巻千絵《こまきちえ》
小児科医。守護霊が広目天であることを知らないリケジョ。

【第1章】あやしい感染源

駅前のドラッグストアで買い物を済ませた、帰り道。

噂の建設現場の前を通りかかったけど、別にこれといった騒ぎにはなっていなかった。

もう、撤去は完全に終わってしまったのだろうか。

「あっ、七木田《ななきだ》さん。お買い物ですか？」

江戸川町《えどがわちょう》駅の周辺には、なぜか専門学校がやたらと多い。

アクター系、映像系、アート系、料理系、さらに福祉や保育や医療系まで。

その前にはガードマンなんだか呼び込みなんだか、どっちがメインのお仕事かわからないオジサン職員さんが立っていることが多いので、つい顔見知りになってしまう。

「こんにちは。新校舎の基礎工事で出たやつ、もうどこかへ運ばれちゃったんですか？」

「歴史的価値があるかどうか、区の郷土資料課が持って行っちゃいました」

この専門学校の系列で、パティシエの新校舎を作る基礎工事で地面を掘ったところ。

謎の石像みたいな物が出てきて、一時はわりと話題になってたのだけど。

「なんだったんですかね」

「削れたお地蔵さん？　にしては人っぽくないし、新校舎のオブジェには向かないって」

「ですよね。パティシエと石像は、ちょっと」

パティシエって、すっごいハードな仕事だと聞いたことがあるけど。

週休3日で寮という名の2階に住み、昭和で感覚が止まっているタケル理事長に神楽坂《かぐらざか》とか麻布十番《あざぶじゅうばん》とかの料亭を連れ回され、もう危険な関係の姉弟じゃないかと疑われても否定できないぐらい毎日部屋に入り浸ってる薬剤師のハルジくんと一緒にゲームをして。

あたし用に60種類以上のメニューを作ってくれる、淡麗メガネ院長のテンゴ先生が彼氏という、誰に言っても「あり得ないから」と鼻で笑われる快適生活をしてるわけで。

今さらあたしにパティシエはムリです、申し訳ありませんが来世でがんばります。

そんなことを考えながら、いつもの駅前右折ルートでクリニックへ戻ろうとしていると。

「なに、あの人……」

十字路の角にある銀行の前に立って、ぼうっと江戸川町の駅前を眺めている男がいた。

前髪で片眼が隠れるほどのウェービーなビジュアルロック系のロングウルフヘアー、華奢な体に季節はずれの黒い革ジャケットとパンツのフルセット姿で、ゴリゴリに付けられたシルバーアクセの数々。

常に見おろす感じの目線はダルそうに半眼で、表情が乏しいのはいいとしても。

なにが目を惹《ひ》いたかといって、このご時世にくわえタバコで煙を吹かしていたのだ。

すれ違うママチャリやおじさんたちも気づいているけど、誰も注意したがらない。

ここまで「ロックですから」的な雰囲気を前面に押し出されると、反社会的な人たちとはまた違って、なにをされるか分かったものじゃない。

けど、あたしは黙って見過ごすわけにはいかない。

だってこいつ、輪郭が点滅してる――つまり、なにかの始祖《オリジン》なのだから。

「ねぇ、ちょっと――」

「あ？」

片手をポケットに突っ込んだまま、必要以上にダルそうで。

肩の骨がズレてるんじゃないかというぐらい、体が傾いている。

「――ここ、路上喫煙禁止なんだけど」

「は？　アンタ、なに言ってんの？」

アッタマくるなぁ、なんの始祖《オリジン》なんだろ。

点滅する光が、なんか妙にドス黒い感じに見えるんだよね。

「あんたこそ、なに言ってんの。都内で路上喫煙ＯＫの区なんて、ないでしょ？　どこの山奥から出てきたの」

「なに、山奥って。オレのこと煽《あお》ってんの？」

あたしにタバコの煙を吐きかけた挙げ句、挑発するように路上へポイ捨て。

相変わらず前髪で隠れた片眼は半眼で、見おろしながらも無表情だ。

「煽ってんのは、そっちでしょ。だいたい、なんの始祖《オリジン》なの。こんなガラの悪いあやかし」

顔にかかった煙を払っていると、そいつの半眼がわずかに色を変えた。

「始祖《オリジン》？　あやかし？　なにそれ」

「あー、やっぱそうなんだ。あたしのこと知らないってことは、どっか遠くから」

「待てよ。アンタ、なに様？　オレのなにが見えてんの？」

その様子に気づいた四井《よつい》銀行で案内係をしている金霊《かなだま》のクォーターさんが、わざわざ仲裁するように外へ出て来てくれた。

「これはこれは、毘沙門天《びしゃもんてん》の七木田様。どうされましたか？」

男は始祖《オリジン》であたしのことを知らないと、この状況を一瞬で見抜いたのだろう。

だから、わざわざ「毘沙門天の」と付けてくれたのだ。

「毘沙門天……だと？」

それを聞いたガラの悪いロックな始祖《オリジン》は、今度はハッキリと顔色を変えた。

でも驚きや畏怖《いふ》とは真逆の方向——つまり、激しい憎しみの色だった。

「お客様。遠方からおいでなら、ご存じないかもしれません。この方は」

「あぁ？　知ってんよ。クソ四天王の、ひとりだろ？」

その憎悪の色も強さも、今まであたしが見たことのないもの。

あのひょうたん小僧の福辺《ふくべ》ですら、ここまで瞳が怒りで仄暗く揺れてはいなかった。

「お客様。失礼ですが」

「おめぇも『お客様、お客様』うるせぇんだよ。あやかしの血を薄めた馬鹿の子孫は、黙って人間相手に金勘定でもしてろ」

「お客様――」

こんなに口汚く罵られても、さすがは銀行の案内係。

顔色ひとつ変えずに、金霊さんは対応しようとしていた。

それなのにロックなバカ始祖《オリジン》は、待ったなしに金霊さんの胸ぐらを摑んだ。

「うるせぇっ、つってんだろ！」

これにはさすがに、通行人たちも足を止め始めた時。

前髪をかき上げながらグレーのスーツ姿で現れたのは、夏蓮《かれん》さんの旦那さん。

つまり江戸川警察署の生活安全課に所属している、柚口《ゆぐち》刑事だった。

「どうしました？　七木田さん」

「あぁ⁉　今度は誰だ！」

「こういう者だけど。まず、その手を放しなさい」

警察手帳って、まだ日本では偉大だなぁ。

柚口刑事がマメにこのあたりを巡回してくれてて、ラッキーだったわ。

「チッ——公方《くぼう》の犬まで」

「ちょっとお話、聞かせてもらっていい？　免許証かなにか、身分を証明する物ある？」

「……いつからこの辺りは、毘沙門天の寺町になったんだよ」

「いいから、まずその方から手を放しなさい。それから、身分を証明する」

柚口刑事が言い終わる前に、ガラの悪い始祖《オリジン》は金霊さんを突き放してツバを吐いた。

なんなのコイツ、マジでここまで俗悪な始祖《オリジン》なんて見たことないんだけど。

「おい、そこの姉ちゃん——」

全然なんのダメージも受けないまま、今度はあたしを指さしてきた。

そして、意外すぎる名前を吐き捨てた。

「——広目天《こうもくてん》はどこだ」

「……は？　あたし、毘沙門天なんだけど」

「それは、さっきから何度も聞いてんだよ！　オレは、広目天はどこかって——」

今度はあたしの胸ぐらを摑もうと伸びたその腕を、柚口刑事が摑んで捻り上げる寸前。

こいつの腕はぼわんと煙のように消えて、すぐにまた実体化した。

「なッ――」

「柚口刑事……こいつ、マジでヤバい始祖《オリジン》かも」

「――始祖《オリジン》!? この男、あやかしだったんですか!?」

「どうしよう……八田《はった》さん、呼ぼうかな」

「いやぁ……駅前で緊急即応部隊《ESU》みたいに銃を構えられるのは、ちょっと」

どうしたものか困っていると、ヤバい始祖《オリジン》は不敵にもまたタバコを取り出して火を付け、ぶわっと紫煙を燻《くゆ》らせて挑発してきた。

「ちょ、あんたねぇ……なんの始祖《オリジン》か知らないけど、今の時代のルールぐらい守り」

「毘沙門天を背負った人間の女に――」

人の話もロクに聞かず、タバコを挟んだままの指をあたしに向けたあと。

何もかもが気に入らない眼で、金霊さんと柚口刑事を指さした。

「――そっちは人間と血を薄めた馬鹿あやかしで、そっちはそれを知ってる人間? なにそれ、世の中どうなってんだよ」

「だから、人の話を聞きなさいって。あんた今まで」

「あやかしの始祖は、どこへ消えた?」

波打つロングのウルフヘアーをかき上げて姿を現したのは、灰色の冷めた瞳だった。

この正体不明の始祖《オリジン》は、本気でこの時代のことを知らないのだ。

「どこって……みんなそれぞれ、うまいこと人間社会に溶け込んでやってるか……人目に付かない山奥で、ひっそり暮らしてると思うけど」

「ひっそり？　あやかしが、人目を避けてか。人間を恐れて、山へ追いやられた？」

「他に、どうやってこの文明社会で生きて行けると思ってんの？　今後それとどう向き合っていくか、それを考えて今の始祖《オリジン》はみんな悩んでるんでしょうよ」

この始祖《オリジン》野郎はまた大きくタバコを吸い込み、今度はため息と共に吐き捨てた。

「そうか、そういうことか……なら、オレにも考えがあるわ」

「ロクでもないこと考えてないでしょうね」

「姉ちゃん、知ってるか？　疑心が暗鬼を生むんだよ」

「……は？　あんた『疑心暗鬼』っていう、鬼の始祖《オリジン》なの？」

くくっと乾いた笑いを口元に浮かべて、ガラの悪い始祖《オリジン》が半眼のまま見おろしてきた。

「鬼だぁ？　オレは、そんな生やさしいモンじゃねぇよ」

「いい加減、素性ぐらい話す気にならないの？　行き場がないなら、相談にものるし」

あっ、こいつ黙って中指を立てた！

この時代のことをロクに知らないくせに、そういうことをどこで覚えたの！

「オレの心配してる余裕なんか、なくしてやるよ。クソ毘沙門天」

「なッ――せっかく人が」

あたしがキレる前に、柚口刑事が腕を捻り上げて取り押さえようとしたものの。

この正体不明のバカ始祖《オリジン》は、全身をぼわんと煙のように燻らして消え去ってしまった。

「七木田さん。あいつ、何のあやかしなんですか……」

「すいません……あたし、そこまでは見えないんですよね」

こういうことは、警察に任せるのが一番なのだろうけど。

江戸川町であやかしが絡んだ以上、あたしが巻き込まれるのは時間の問題だと思った。

▽　▽　▽

水曜日のお昼過ぎ。

テンゴ先生と並んでイオンへ買い物に出かける日が来るとは、思ってもいなかった。

相変わらずの無造作ヘアーにメガネ姿だけど、さすがに今日は腰回りには何もつけず。

格安量販店の白いポロシャツにデニム姿と、非常に夏らしく爽やかな軽装。

つまり今日は遠くまで出張にも往診にも行かず、完全に休診日《オフ》ということ。

しかもちょっとだけ手を繋《つな》ぐというか指を握っているテンゴ先生は、ご近所さんの目を意識しながらも、わりとカレカノ感を出してくれていると思う。

テンゴ先生にとってはこれ、めちゃくちゃ進歩だからね。

「よかったですね。新潟のあやかし女医さんが、北関東の出張を引き受けてくれて」

「まったく。感謝の言葉もない」

今まで経験したことのない感染症の流行で今までの診療体系は一気に崩れ去り、先生ひとりでカバーしていた医療圏を見直すことが決まった。

時々しか現れない「日本あやかし医師会」が臨時会合を開いてくれて、今まで個人の医師や地域の努力に甘えていたことを反省し、統括的にあやかし医療の供給について再編成を始めたらしいのだ。

けどこの会合、前回はなんと昭和40年代。

つまり50年以上、なんの変化も改善もなかったということだ。

「なに言ってんですか。感謝されるのは、テンゴ先生の方ですよ。表彰状の1枚ぐらい、もらってもいいのに」

「なぜ俺が？」

「自覚ないんですか？　いつも最前線で踏ん張ってるの、先生ですよ？　今までめちゃくちゃ広範囲をたったひとりで診てきたのも、テンゴ先生なんですからね？」

「まぁ……できる者が、できることをやっただけなのだが」

「それ」

「……どれ？」

「そういう『オマエができるんだから、オマエがやればいいじゃん』って発想が、社会の構造に歪《ひず》みを生じさせるんです」

あたしが田舎に住んでいたせいか、それはよく実感していた。

もっと効率のいい方法を提案しても「あいつがやってくれてるからいいじゃん」みたいな風潮や、今までこうだったからという慣習が変化を強く拒む。

誰かの犠牲の上に成り立っていると知りながら「今までそれでうまくいってたんだから、変える必要ないじゃん」と新しいやり方を考えもしない。

そして今までのやり方が破綻して、初めて慌て始めるのだ。

「アヅキは立派だな。そんなことは、考えたこともなかった」

「別に、立派でも特別でもありませんよ。そういう思考停止が老害を生むんです」

「そうか、歳は取りたくないものだな……」

「いやいや、先生のことを言ってるんじゃないですよ!?　ちょ、なんで先生がショボリするんですか!?」

「……しかし、俺も今年で」

「あーっ、あーっ、あーっ！　それ、聞きたくなーいっ！」

そんな話をしながらやって来た駅近のイオンは、いつもと違って賑やかだった。

あれ、なんでこんなにチビッコ連れが多いのかな。

今日は火曜市《かよういち》じゃないよね。

「すごいな。平日のイオンは、ここまで盛況なのか」

「いや、違いますね」

「エ？」

スポーツセンター隣のサンシャイン・モールと違い、イオンにはコストコの日がない。

セルフレジの空きを待つ、長蛇の列ができているワケでもない。

「たぶん、なんか催し物でも……」

告知系の掲示物がないか探していると、エスカレーターの前に看板が出されていた。

「……あ、これですね」

「パフォーマンス・ショー？」

その立て看板には「八丈清来《はちじょうせいらい》・パフォーマンス・ショー」と書いてある。

場所は案の定、未来屋書店も入っている4階のイベントスペースだ。

「へー、へー。平日のイオンで、こんなことやってんだ」

「平日には、やらないものなのか」

「だいたい土日の、家族連れ狙いが多いですからね」

「アヅキは江戸川町のことなら、なんでも知っているのだな」

「いやいや。江戸川町に住んでる方なら、だいたい知ってますって」

「それに比べて俺は」

「まぁ、まぁ。先生は診療で忙しかったワケですし」

「アヅキがうちに来るまで、わりとヒマだったが？」

「あー、まぁ……うん、それはそれとして。見に行ってみませんか？」

なぜかまたションボリしてしまった先生を励ますため、というかあたしが興味ある。

どうせ見るなら、マイバッグが買い物でパンパンになる前がいい。

「アヅキが見たいなら、俺はそれで」

「え……先生は興味なかったですかね」

「いや。見ているアヅキを、見ていたいので」

テンゴ先生のよくわからない理由はさておいて、4階に上がってみると。

平日とは思えないほど、人だかりができていた。

「ちょっと想像以上の人だけど……八丈なんちゃらって、有名なんですかね」

「俺よりは有名なのだろう」

「いやいや、この町では先生の方が有名ですよ。にしてもすごいわ、なにやってんだろ」

集まった人たちの視線は、センターに立つパフォーマーに釘付けだった。

季節はずれの黒いシルクハットに黒いロングコートが、英国紳士かゴス系の雰囲気作りのコスチュームだとしても。

隠しきれない波打つロングヘアーにサングラスで、バルーン・アートを手際よく作り。トークで間をもたせることもなく無言のまま、集まった子供たちにできあがったウサギや犬のバルーンを片っ端から手渡して――いや、量産しているようにしか見えない。

普通はここまで次から次へと、作っては渡してを繰り返すものだろうか。

「アヅキ。気づいているか？」

このバルーン・アートは、魅せるというより明らかに「配布」しているように見えた。

しかも子供たちとは必ず触れ合うように、軽く頭を撫でたり握手をしている。

観客たちの意識が「観たい」から「もらいたい」へと、次第に変わっていくのがわかる。

「……なんか、変ですよね」

それが終わると定番の、細いボウリングのピンみたいなものを何個も増やしていくお手玉を始めたものの。

最後にロングコートをなびかせてクルリと回転してみせたあとは、その商売道具とも言えるピンまで、近くにいた子どもに笑顔でプレゼントしていた。

笑顔といってもシルクハットとサングラスで、口元だけしか見えないけど――。

「あの口元……まさか!?」

紐の上を走らせたコマも、蹴鞠《けまり》のように魅せた小さなボールも同じ。

さすがに玉乗りの大玉は渡すことはなかったけど、ともかくあたしの知ってる大道芸人さんとは決定的に何かが違っていた。

でもなにより決定的だったのは、あの口元に浮かべた笑顔が歪んでいたことだ。

「あれは始祖《オリジン》だな」

「やっぱり!」

「ずいぶん器用な始祖《オリジン》だが……何のあやかしか、俺にもわからないのは何故だ?」

「そんなこと、あるんですか?」

「経験上はない。つまり触れ合うことが非常に少ない、希《まれ》な種族ということだろうか」

観客のみんなとは別の意味で目が離せなくなったパフォーマンスは、15分で終わり。

そのあともサインや握手に応えながら、アイドルなみにファンサービスをしている。

「先生。たぶんあいつ、この前あたしが言ってたヤツじゃないかと……」

「……それは本当か?」

絶対こんなに愛嬌を振りまくヤツじゃなかったけど、あの歪んだ口元だけの笑顔。

そしてこの、妙に黒っぽく点滅して見える輪郭の光り方。

「確信はないですけど、たぶん」

だいぶ観客が減って閑散としてくると、パフォーマーの八丈もこちらを見据えていた。

やっぱりあいつも、あたしに気づいたに違いない。

「ならば、排除するか」

テンゴ先生はストンと表情を落とし、ゆっくりと八丈に近づいていく。

ヤバい、先生がガチ切れした時って表情が消えるんだよね。

「ちょ、排除って――あっ、待って先生!?」

駅前でガラの悪い始祖《オリジン》に絡まれたと夕食で話した時も、わりとヤバい空気になって。

テンゴ先生は今日のようにスーンと表情が消え、タケル理事長はソッコーで八田さんに連絡するし、いつの間にかハルジくんは砂漠色の迷彩服に着替えて装備を付けていた。

みんなよりもなだめるのが大変だったのは、2分で駆けつけた八田さんとM&D兄弟。

すでに招集をかけたという謎の部隊を解散させてもらうのに、苦労したのを思い出す。

「おそらく、会うのは初めてだと思うが――」

「あ？　誰だよ」

さっきまで振りまいていた愛嬌は、どこへ消えたのやら。

シルクハットにサングラスのゴス系エセ紳士パフォーマーは、素の顔を見せた。

「――俺はこの町でクリニックの院長をしている、新見天護《にいみてんご》だ」

それを聞いても斜に構えたまま、相変わらず見おろす感じでサングラスも外さない。

対峙《たいじ》する先生もまた、一触即発のオーラを醸《かも》し出している。

「医者ぁ？　人間と血を薄めた馬鹿あやかしの末裔《まつえい》が、あやかしを診《み》てんのか？　たまったモンじゃねぇな……世も末とは、このことだわ」

「始祖《オリジン》というだけで、敬われるとでも思っているのか？」

「まぁ、あれか。天邪鬼《あまのじゃく》らしいっちゃ、らしいやり方か。なんせ、てめぇを踏んづけてるクソ毘沙門天と、仲良くお買い物をしてるぐらいだからなぁ」

見えないスピードで胸ぐらを掴もうとしたテンゴ先生の手が、やはり空を切った。

掴んだはずの八丈の胸元が、煙のように霧散したのだ。

「あまりアヅキを愚弄するようなら、俺もそれなりに対処するが」

無表情だったテンゴ先生の顔に、わずかな鬼気が漂った。

こんな先生は見たことないけど、天邪鬼も「鬼」の一種だからだろうか。

でもこのギャップ、わりといい感じであたしは好きだな。

「先生、こいつですよ！　このまえ話してたヤツに、間違いないです！」

「相変わらず、うるせぇ姉ちゃんだな。だったら、どうなの。おまわりさんでも呼んできて、タイホしてもらうか？　あぁ？」

「こんな大道芸なんかして……あんたこそ、なに企んでんのよ！」

「ハァ？　この文明社会とやらに向き合えって講釈垂れたのは、アンタだろうが」

「た、たしかに……そう、言った……ような？　気はするけど……」

こいつが素直に、人間社会でうまくやっていこうとしているとは思えない。

だいたい何の始祖《オリジン》か分からないなんて、今まであり得なかったことだ。

「……ていうか！　あんた、何のあやかしかぐらい」

「八丈さーん！　どうも、お疲れさまでした！」

声をかけてきたイベントステージ担当の若い男性スタッフさんは、ごく普通の人。

これ以上、あやかしの話を続けるわけにはいかなくなった。

「いやぁ。平日の昼間なのに、大盛況でしたね」

「ありがとう」

「夕方までにあと2部ありますけど、道具とか大丈夫です？　子供たちにあげちゃって」

「もちろん」

「じゃあ控え室にお昼を用意しましたので、午後もよろしくお願いしまーす！」

「了解」

なにこいつ、ピッと指を2本そろえて敬礼を飛ばすとか、カッコいいと思ってんの？

しかも他の人には「口数の少ない系キャラ」で通してるみたいだし、ハラ立つわぁ。

「あーっと、毘沙門天の姉ちゃんよ。オレが誰だか、知りたいって言ってたよな」

「姉ちゃんとか言うな！」

「こういう時、この文明社会では『ググれカス』って言えばいいんだっけ？」

「ハァ!?　なにを、この――」

「アヅキ」

頭にきて一歩踏み出す直前、テンゴ先生に腕を摑まれた。

目で合図した方を見ると、店員さんたちがヒソヒソ話をしながらこっちを指さしている。

あの人たちはみんなあやかしじゃないみたいだし、ちょっとこれ以上はムリか。

「――すいません、ついカッとなって」

なんか、逮捕された犯罪者の供述みたいで恥ずかしいんだけど。

テンゴ先生は逆にクールダウンしたのか、とても冷徹な視線で八丈を見据えていた。

「八丈清来、と言ったな」

「あ？　名前なんか、どうでもいいんだよ。今からメシ食うんだ、さっさと帰れや」

「おまえが誰で、何を考えているのか知らないが……この江戸川町にいる限り、好きにできると思うなよ？」

控え室に戻ろうとしていた八丈が足を止め、ウルフヘアーを乱して振り返った。

「オレはどこにでも在って、どこにも無い。止められるモンなら、止めてみろ」

そう言ってまた背を向けた八丈は、ハラの立つことに高々と右手で中指を突き立てた。

海外では絶対やってはいけない、最大級に相手を侮辱する仕草を、どこで覚えたのか。

でもそれは八丈の激しい怒りを表しているようで、逆に不気味でもあった。

▽　▽　▽

残暑にばかり気を取られているうちに、いつの間にやら空気が乾燥し始めると。

この時期は例年いろんな感染症が流行《はや》り始めて、だいたい外来が混雑し始める。

テンゴ先生が言うには「もう感染症に季節感はなくなった」みたいで、インフルエンザですら、冬じゃなくても実際にみかけることがある。

受付に立って待合室を眺めていると、どうも何かがおかしいと感じられてならなかった。

「大丈夫ですか？　三好《みよし》さん」

大柄な三好さんがマスク姿で背中を丸めて、ゲッフンゲッフンと咳《せ》き込んでいる。

それ自体は別に普通の光景だけど、その受診歴が問題で。

いつもは1回で元気になってしまう三好さんが、今日で3回目の受診なのだ。

「うーん……大丈夫、って――ゲフッ、ゲホッ――言いたいんだけどねー」

初日に出された処方では5日間で回復せず、かといって胸部ＣＴにも異常は出ず、これといった発熱もない。

それで先生が3日間ほど薬を変えてみたけど良くならず、今日また受診をしている。

ニューキノロン系抗生物質が無効だったのでミノサイクリン系に変更して、プレドニゾロンが追加で処方され、来る度に吸入までしていた。

これが3月だったら、大騒ぎになったことだろう。

「ちょっと、珍しいですよね」

「歳のせいか、治りが悪くっ――ゲッフン――てさ」

それでも効果がなく、今日でもう1週間以上この状態が続いていることになる。

これほど長引いている三好さんを見るのは、知り合ってから初めてのこと。

そして、これほどテンゴ先生の処方が効かないのを見るのも初めてのことだった。

そんな三好さんの診察券を器械に通して待合室に入ってもらっても、次から次へとまた違う症状の患者さんがやってくるのだった。

「あっ、夏蓮さんと朝陽《あさひ》くん。今日は、どうされましたか？」

みんなマスクをするのに、抵抗がなくなったのだろう。

小さなマスク姿の朝陽くんを抱っこした夏蓮さんも、マスク姿だったけど。

眼力《めぢから》がすごいしロングの赤髪がなびいてるし、すぐに誰だかわかってしまう。

でも夏蓮さん、2歳以下はマスクをしていると熱中症の危険がありますからね。

「ちょっと、七木田ちゃーん！　うちのアサちゃん、熱とブツブツが出ちゃったよ！」

「お熱は、一番高くて何度でした？」

「40℃だったんだけど！　これ、死なない⁉　乳幼児って、これが普通なの⁉」

「よくありますよ。今は熱、下がってますか？」

「昨日、下がったばかりだけど」

「ブツブツって、どこに出ましたか？」

外来が混んでくると、受付で簡単な問診を取って電子カルテにあらかじめ記入しておく。するとテンゴ先生は、それを元に診察を始めることができる。

結果的に患者さんの待ち時間も短くなるので、なるべくそうするようにしていた。

「じゃあ、すいませんけど……発疹症なので、あちらの『隔離室』って書いてある引き戸の向こう側で待っててもらえますか？」

それより朝陽くん、夏蓮さんに似て毛がふっさふさの真っ赤でキレイだなぁ。

なんて考えているうちに、診察の終わった患者さんのマークがポツンとモニターに。

お会計と処方箋を出そうと処理をしていると、この方もすでに下痢が2週間以上も続いて受診していることに気づいた。

乳幼児で下痢が続いて「慢性下痢症」と診断名が付いているのはよく見かけるけど、成人では「過敏性腸症候群」以外はあまり見かけない。

「輪島《わじま》さ……あれ？　輪島さんって、もしかして」

「どうも、お世話になっております……」

見覚えがあると思ったら、医療廃棄物でお世話になってる輪入道《わにゅうどう》の輪島さんだ。

「大変ですね」

「お気遣い、ありがとうございます……なにせ営業ですから、この下痢には参りました。ノロウィルスや例の感染症じゃないだけ、まだマシですけど」

「仕事になりませんもんね。お会計、640円です」

「アッ――ちょ、すいません……トイレ、先にいいですか？」

「え？　あっ、どうぞ。奥の右手ですので」

これじゃあ、営業は辛いだろうなぁ。

小走りにトイレへ行ってしまった輪島さんを見送っているうちに、もう次の患者さんがやって来て診察券を取り出していた。

「すいません。登園許可書をもらいたいんですけど……」

学校保健安全法などで決まっている感染症に罹《かか》ったあとは、治癒《ちゆ》証明書や登園登校許可書を出さないと、保育園や小学校には登校できない。

さすがに小学校では「医師から登校可能であると診断された」場合は、保護者の署名だけで書類を出せるけど、保育園や幼稚園では必ず医療機関でもらって来なければならない。

それ自体は普通のよくある光景だったけど、今日はちょっとワケが違った。

「柴山《しばやま》さん……孝《こう》くん、どうしたんですか？」

芝天《しばてん》のクォーターである孝くんは、今年から保育園に通い始めたばかり。

なんだかんだで、しょっちゅう色んな感染症をもらっては保育園を休んでいるけど。

「溶連菌《ようれんきん》に罹っちゃったから、いつものように抗生剤をもらって飲ませたんで、次の日には熱が下がると思ってたんですけど――」

「ですよね。バイバイしながら『また明日』って言ったの、覚えてますもん」

チビッコたちの溶連菌は治療の簡単な咽頭扁桃《いんとうへんとう》の感染症で、発熱とノドの痛みぐらい。飲む抗生剤も決まっているし、だいたい次の日には解熱してすぐに登園できるのだけど。

柴山さんの前回受診は、なんと5日前。

つまりその間、熱が下がらなかったのだ。

「――ようやく熱が下がったのが、昨日なんだけど。それより、なにより」

長袖パーカのフードを目深にかぶって、孝くんが姿を隠している理由はひとつ。

河童《かっぱ》のような芝天の姿が完全に出たままになっている方が、もっと大問題だった。

「その姿……もしかして、生薬が飲めなかったんですか？」

「まさか。それだけは、赤ちゃんの頃からずっと飲ませているので」

「え……でも、あやかしの姿が……」

「それを先生に聞きたくて。ここへ連れて来るだけでもヒヤヒヤしたのに、どうやって登園すればいいのか……けどこれ以上仕事を休むなら、職場になんて言えば」

あやかしの存在すら知らずに生活している普通の人たちも、一緒に大勢働いている。

そんな人たちに「あやかしの姿が消えないので登園できません」と言えるはずもなく。

あやかし保育園内に入ってしまえばなんとかなっても、登園途中で誰かに見られたら、
それこそ日本中のあやかしさんたちにとって大変なことになってしまう。

この江戸川町といえども、あやかしさんたちだけの町ではないのだ。

「……なにこれ。どうなってんの？」

そういえば朝陽くんも、猩々《しょうじょう》のハーフの姿が思いっきり出てなかった？

熱でぐったりして、生薬が飲めなかったのかな。

「ねぇ、七木田さん。またなにか、新型の感染症でも流行ってるんですか？」

「いやぁ……それは、ないんじゃないですかね。先生の診断は、普通のよく聞くものばかりですし……みんな、症状もバラバラですよ」

「七木田さんも、大丈夫です？　声、かすれてませんか？」

「……そうですか？」

そんな話を受付で続けるヒマもなく、すぐに次の患者さんがやって来てしまった。

「あの、すいません。まだ受け付けてもらえます？」

「ちょっと過ぎてますけど、先生からはＯＫをもらってますよ。どうされました？」

おかげで午前の診療終了時間はいつも軽く1時間を超え、お昼をチャチャッと食べたら

もう午後の診療を始めなければならない毎日だ。

「ナナキダさん」

「はいぇっ！」

いつ診察室から出て来たんですか、ビックリしましたよ。

あと仕事中なんですから、もうちょっと距離を取った方がいいんじゃないですかね。

「三好さん、入院させるから。紹介状をプリントアウトしておいて」

「えぇっ!?　にゅ——そんなに悪かったんですか!?」

「今日もレントゲンを撮ったら、前になかった影が肺に出始めていた。炎症反応《CRP》の値は15を超えているし、経皮酸素飽和度《サチュレーション》は95%まで下がっている。つまり気管支炎の状態を超えて、肺炎になり始めたということだろう」

「えっ!?　まさか、コロ——」

「いや、それはない」

「——よかった」

「うちの外来で毎日点滴通院というのもダメではないが、身体的な負担が大きすぎる」

「けど……どこへ入院するんですか？」

「ＴＫ大学の後輩に電話して、個室を空けておいてもらった。あそこは呼吸器内科の准教授もアマビエのクォーターだし、三好さんは以前にＴＫ大学を受診しているので」

「それなら、大丈夫……ですよね？」

「命に関わるような状態ではないが……どうにも、腑に落ちない」

あたしが気づいているぐらいだから、当然テンゴ先生は気づいているはずだけど。

いや先生、なんでそんなにマジマジとあたしの顔を見つめるんですか。

「……あたしの顔に、なんか付いてます？」

「ナナキダさんは、大丈夫なのか」

「なにがですか？」

「いや。病的症状がなければ、それでいいのだが……まぁ、俺が心配というか」

「大丈夫ですよ。バカは風邪ひかない――ゲフンッ――て、言いますし」

しゃべり過ぎたかな、ちょっとノドが痛いや。

患者さんに失礼だからマスクをしておこう、と思ったら先生はもう診察室に戻っていた。

それから午前の延長診療1時間を、テンゴ先生はなぜかフルスピードで終わらせて。

あたしが公費と保険の確認をしていたら、いきなり腕を引いて診察室に連れ込んだ。

「アヅキ。制服、脱いで」

「ぬ――ッ⁉」

えっ、なになに⁉

ちょ、待って――いくら空白の時間で誰も居ないとはいえ、ここで制服を脱げと⁉

もっと時間がある時にっていうか、ここ外来の診察室ですよ⁉

いやまぁ、こういう風に職場でガッと迫られるのも悪い気はしないですけど。

「聴診するから、背中を向けて」

「……はい？」

あ、診察？

脱げって、そういうこと？

「咳、してたから」

「大丈夫ですよ。受付でしゃべりすぎて、ノドが痛かっただけですって」

「いや。間違いなく、嗄声《させい》にもなっている」

「えーっ？　かすれてますか？　あー、あー。いつも、こんな声だと思いますけど」

ちょっと恥ずかしかったのでゴネていたら、先生はスッと視線を床に落とした。

「……俺は、アヅキの主治医だと思っている。まぁ、勝手にそう思っているだけだが」

「いやいや、ありがたいんですよ⁉　すいません、ちょっと恥ずかしかったんで！」

「アヅキの手荒れから枝毛まで、すべて俺が管理するつもりだ」

手荒れはギリギリわかるとしても、枝毛って医学的に管理できるんですか？

いやまぁ、ともかく嬉しいんですけどね。

「乾性咳嗽《かんせいがいそう》があって、嗄声があって、発熱は認めず全身状態が良好……恐らく喉頭炎《こうとうえん》、つまりクループの初期ではないかと」

「え……見てるだけで、そんなことまで分かるんですか？」

「医学的な所見を取る時には、アヅキのうしろが邪魔にならない。もちろん診察をして、他の疾患を除外してからの話だが」

あー、確認のためにも診察をしたかったんですね。

だったら、最初からその順番で言ってもらえると理解しやすかったです。

「……あ、ありがたく、診察していただきたいと思います」

「そうか、良かった。ではまず、聴診からさせて欲しい」

「じゃあ、お……お願いします」

えーっ、やっぱ恥ずかしいんだけど！

先生の前で服のボタンを外しているという行為自体が、もうすでにアレっぽいし！

「いや、その……エ？　アヅキ？」

「はい……？」

でもこれ、診察ですもんね。

患者さん、みんなやってることですもんね。

「前じゃなく、背中……で、いいのだが」

「い――ッ!?」

「正面からは心音が邪魔で、呼吸音は背中からの方が聴きやすいというか……その、十分というか……聴診器を持った手が入れば、それで」

「み、見ました!?」

「エ……？　いや……？」

落ち着いて落ち着いて、イージーにイージーに。

これは診察だから、下着が見えても仕方ないでしょ。

今のあたしと先生は、患者さんとドクターで――って、割り切れるモンですか！

あーっ、もっと可愛いヤツにしとけば良かった！

「じゃあ……せ、背中で」

聴診器を持った先生の指先が背中にスルスル滑り込むと、変な電気が体に走った。

背中からとはいえ、このバクバクいってる心臓の音は聴診器で聴こえているだろうか。

「大きく吸って――」

「すーっ」

「――吐いて」

「はーっ」

「まだ吐いて、まだ吐いて、吐いて」

どんだけ!?

そんなに肺活量、ないですから！

「はぁぁぁぁぁ――ッかはぁ！」

「呼気時の喘鳴《ぜんめい》や小水泡音はなく、咳もなし。次はこちらを向いて、口を開けて」

手早くブラウスの裾を直して振り向くと、めちゃくちゃ目の前に先生の顔があった。

近《ちか》っ！

バカっぽく開けたあたしの大口を、真剣な表情の先生がペンライトで照らしている。

金属製の舌圧子《ぜつあつし》が、冷たくて硬い生き物のように口の中を探る。

上唇の裏側から歯ぐきをツルリと滑り、そのまま下唇と歯ぐきをチェック。

軽く舌を押さえて、ノドの奥まで丁寧に見られている。

「声、出せる？　あーって」

「あーっ」

一瞬で見切ったのか「おえっ」となることもなく、先生は舌圧子を消毒側の筒に入れた。

口の中を診察されるのって、意識した瞬間から羞恥プレイに早変わりするんだね。

「軟口蓋《なんこうがい》と咽頭の発赤軽度、扁桃肥大なし、白苔《はくたい》なし、口内炎《アフタ》なし」

「ど、どうでしょうか……」

「最後に、血中酸素飽和度《サチユレーション》」

指を挟むだけで血液中の酸素飽和度がわかる小さい医療機器のパルスオキシメーターで、

普通は96〜98%ぐらい。

無症状でも胸部CTでは肺炎の異常が認められる「Silent Pneumonia《サイレント・ニューモニア》」が多いと慈英《じえい》大《だい》中央病院から報告が出て以来、先生はこれを計って隠れた軽微な呼吸機能低下を評価することが多くなった。

「……98%、元気いっぱいですね」

相変わらずキーボードのキーが飛び散るんじゃないかという勢いで、バチバチと電子カルテに入力をしながら、リターンキーをパーン。

キュイッと椅子を回すと、先生は少しため息をついた。

「ほかの所見が見当たらないので、喉頭炎の初期と診断していいと思う。早めの処方にはなるが、喉頭蓋炎も念頭に置いて抗生剤と、声帯炎に対してプレドニゾロン、それから去痰剤を出したいと思うが……飲んでもらえる、だろうか？」

「はい」

「……エ？」

なんでここで、ちょっとビックリするんですか。

薬を出すのに、お願いする必要なんてないと思いますけど。

「え……？　いや、だって先生の診断ですから」

「そ、そうか。飲んでくれるか。ちょっと早めの処方なのだが、どうにも心配なもので。

かといって、俺が心配だからという理由で処方を出すのも医学的ではなく」

「でも、必要なんですよね？」

「喉頭炎の症状は、軽いが間違いなくある」

「じゃあ、飲みます。先生は、あたしの主治医ですから」

「……ん？　そう、主治医……俺はアヅキの主治医だ、間違いない」

もの凄く嬉しそうな顔をした先生は、ご丁寧にボスミンの吸入まで準備してくれて。

静かな外来に座って吸入器を口に当て、しゅーっとミストを吸い込んでいる。

「さて……どう反応するだろうか」

「はへ？」

「いや。ひとりごとなので」

先生の治療に、不安なんてあるはずないじゃないですか。

腕組みをしたままあたしを見ている先生は、なにを不安に思っているのだろう。

それは至れり尽くせりのあたしには、とても想像がつくことではなかった。

▽　▽　▽

1週間もすると。

なんか外来の様子がヘンだなぁ、なんて思っている場合ではなくなってしまった。

これはかなり異常、というか非常に異常。

受診予約が埋まってしまうのは当たり前で、予約外で来る患者さんも止まらない。

それはひょうたん小僧が、あやかしさんたちに不安を吹き込んだ時の比ではなかった。

「どれぐらい待ちます?」

「そ、そうですね……今、12人待ってらっしゃるので――」

先生に頼まれて測ってみたら、どんなに急いでも診察にはひとり6~8分かかる。

これに検査や処置が入ると、もちろん軽くそれを上回ってしまう。

「――1時間半、ぐらいは超えてしまいますけど」

「待ちます」

もちろん待つと言われて断るわけにはいかないし、他に行ける病院はない。

数ヶ月前に「日本あやかし医師会」の臨時会合で、23区内に内科系クリニックを増設することが決議されたものの、それはたった3ヶ所。

将来的に数が減っていくあやかしに対しての医療はどんどん集約化され、大学病院や総合病院で役職に就いているあやかし系ドクターが受け入れを担当しているのが現状。

だけどその理由も、理解できないわけではない。

あやかしさんたちの多くはすでに3代目とか4代目とかになっていて、ほとんど普通の人と変わらなくなってきている——つまりこれから先、あやかしは確実に減っていくのだ。

しかも開業するためには軽く3千万円以上かかるとなれば、助成金でも出ない限り、積極的にクリニックや診療所をやろうとは思わないだろう。

だからうちのような「あやかしクリニック」があり、大手町《おおてまち》まで乗り換えなしで20分の路線があるこの江戸川町には、必然的にあやかしさんたちが集まってくる。

「わかりました。じゃあ、ちょっとイスを出してきますから」

受付カウンターから出ようとしたら、すっと横から黒い執事服が現れた。

「亜月様は、事務のお仕事をお続けください」

「すいません、八田さん。助かります」

「とんでもございません。この状況が、わたくしの眠っていた『仕える心』に火を付けたようで。さ、患者様。どうぞこちらへ」

いつもと違うのは、手袋が黒から白になったことと、マスク姿ということだけで。

仕える心が眠っていたと、いつから勘違いしていたのだろう。

「七木田ちゃーん。生理食塩水《せいしょくえんすい》の500ml、まだ在庫あるぅ？」

相変わらず全体的にゴシック調でシスターのコスプレっぽい助産師の宇野女《うのめ》さんは、フリーランスということもあって、このところ毎日手伝ってもらっている。

もちろん基本的には利鎌《とがま》先生とふたりでセットの産科遊撃チームなので、分娩の呼び出し《コール》が鳴ればそちらを優先してもらうのだけど。

「もう切れてました？　すいません、シンクの下の奥にストックがまだあるはずです」

「りょっかーい。そっちも減ってたら、ドワフレッサに注文しとくぅ？」

「宇野女さん……」

「なにぃ」

ちょっとスレた、サングラスの似合いそうなシスター助産師の宇野女さんが振り返る。

「……うちに、ずっと居てもらえませんかね」

「えっー？　それ、マジで言ってるぅ？」

「まぁ、個人的にですけど……わりと真剣に」

「あははは っ――」

ステステッと歩いて来たかと思うと、スルリと受付カウンターをくぐり。

いきなり隣でバーンと肩を組まれて、豪快な笑顔を浮かべられてしまった。

「――弱ってんねぇ、七木田ちゃーん。この顔、アレ以来だわぁ」

「ですかね」

「まぁこのクリニック、確実に看護師は居た方がいいよね」

「そうなんですよ……あたしだと注射薬も吸入薬も、詰めることすらできないですし」

「けどアタシ、高いよぉ？　看護師＋αの資格だからさぁ」

それは宇野女さんの言う通りで、医療に関しては資格がすべて。

できる行為も格段に違えば、給料も格段に違い、そして責任も格段に変わる。

「……ちょっと前から思ってたんですけど、お金じゃないような気がするんですよね」

「だったら、フツーにあやかしの看護師を募集したらぁ？」

「でもうち、妊婦健診《にんけんしん》は利鎌先生にお願いしてますし、帝王切開もできる『分娩室』兼『手術室』を増築したじゃないですか」

「確かにここは『ゆりかごから墓場まで』診れるっちゃ、診れるよねぇ」

「ですよね？　だから」

「けどアタシ、清人《きよと》とセットなんだけど？　産科医は、もっと高いぞぉ？」

「……フリーランスの産科チームですもんね。宇野女さんだけ常勤っていうのは」

「あー、いや。まぁ、そういう意味じゃなくても……離れられないっていうかねぇ」

なんとなく体裁悪そうに、宇野女さんは視線を逸《そ》らした。

なんですか、それ以外の意味で離れられないって。

「それ、どういう意味――って、えっ？　まさか宇野女さん、利鎌先生と⁉」

「なんかさぁ。体の相性がいいんだよねぇ」

「カ――――ッ⁉」

付き合ってるかなんてスッ飛ばして、サラッと大人の会話を織り交ぜて来ましたね！

そういう意味で離れられないって――アァァァァッ、想像できない！

「まぁ、そのあたりも含めて？　七木田ちゃんはテンゴ先生と、よーっく相談しなって」

男前にあたしの背中をバンバン叩いたあと、宇野女さんはまた仕事に戻って行った。

どのあたりの何に関して、あたしはテンゴ先生と相談すればいいんですかね。

「あの……すいません」

「ア――ッ!?　す、すいません！　今日は、どうされましたか!?」

そんな大人の会話で少しだけ休憩できたけど、患者さんが途切れることはなく。

この方もまた発熱と嘔吐という、いわゆる「一般感染症」の症状が主訴だった。

そう、ひょうたん小僧なんかの時と決定的に違うのはこれ。

ともかく受診する患者さんたちの症状はバラバラで、みんなよくある普通の感染症。

決して診断や治療の難しい病気や慢性疾患が、急速に広まったわけではない。

熱、咳、下痢、嘔吐、発疹、などなど――大人から子どもまで、クォーターでもハーフでも、気管支炎だろうが胃腸炎だろうが。

些細な感染症のはずなのに、みんな長引いてともかく治らない。

心身症状とは違ってひとりの患者さんにかかる診察時間は、比較的短くて済む。

けれど、患者さんの数は増える一方で、ついに1日80人を超える日まであった。

「だぁ……ようやくこれで、午前は最後かなぁ」

待合室のソファで会計と処方箋を待っているのが、最後の患者さん。

テンゴ先生にとっては何千例目の気管支炎であっても、患者さんにとっては初めてかもしれないので、先生は決して診察や説明を端折《はしょ》ったりしない。

だからあたしにとってもこれで午前中38人目の患者さんになるけど、患者さんにとっては今日はじめての受診で、体の辛い状態での受診だということを忘れたくない。

「お大事にしてくださいね」

「すいませんでした……お忙しいのに、最後に駆け込んで」

「そんなことは気にしないでください。それより自宅に帰ってから何か変わったことがあったら、お電話でもいいですから気軽にご連絡くださいね」

「すいません、半休しか取れなくて……ホント、すいませんでした……」

最終受付時刻は午後0時10分だけど、今の時刻は1時30分。

でも午後の診療は乳児健診と予防接種が2時から始まるので、お昼は30分。

それより問題なのは、今日もまたひとりTK大学へ紹介入院になってしまったこと。

そして受診したあやかしの子どもたちの姿が、現れたまま戻らない謎の現象だった。

「まだ、診てもらえる？」

最後の患者さんとすれ違うように、男がドアのそばに立っていた。

「このクリニック、受付時間を過ぎても診てくれるんだろ？　慈悲深き、毘沙門天サマ」

前髪で片眼が隠れるほどのウェービーな、ビジュアルロック系のロングウルフヘアー。

華奢な体に、季節はずれの黒い革ジャケットとパンツ姿。

そしてゴリゴリに付けられたシルバーアクセの数々に、相変わらずのくわえタバコ。

常に見おろす感じのダルそうな半眼野郎は、間違いない。

駅前の路上で絡んで来たあと、なぜかイオンで大道芸を披露していたガラの悪いあの始《オリ》祖《ジン》、八丈清来だった。

「なッ――」

ムカつく態度はぜんぶ許してやるとしても、ここはクリニック。

そのタバコだけは許さないから。

「――ちょっと、あんた！　ここは」

受付を飛び出そうとした瞬間、いつの間にか無敵の執事服が正面で身構えていた。

しかもその表情から、すでに臨戦態勢だということがはっきりとわかる。

「早々にその煙草の火を握り消し、懐に入れなさい。灰は微塵《みじん》も落とすでないぞ」

「あ？　八咫烏《やたがらす》……？　ってか、アンタもあやかしの血を薄めた末裔じゃねぇかよ。おいおい……どいつもこいつも、始祖が馬鹿すぎねぇか？」

「3秒あればできよう。やれい」

「始祖のオレに命令すんな、死に損ないの老いぼれ」

「そうか――」

少し身をかがめた八田さんが、待ったなしでその黒い片翼を広げた。

舞い散る黒い羽の中、堕天使姿を現した八田さんはゆっくりと首を回している。

「へー。その姿になれるぐらいの血は残ってんのか」

「――亜月様に対して友好的でない者に、一切の手加減はせぬ」

白い手袋をはずして、悪魔的とも言える鋭い爪をむき出しにした八田さん。

それは「きゅるん」と回すだけで、窓枠ぐらいスパッと切れるヤバいヤツだ。

「はいはい。亜月サマ、毘沙門天サマね。だから、この町は毘沙門天の寺町じゃ――」

なんの気配に気づいたのか、八丈はちらりと周囲を見渡してタバコの煙を吐き出した。

そして横柄な態度のまま、やれやれとタバコを床に落として踏み消す。

「――そういう、現代の銃火器ってヤツ？　オレには効かねぇから、ムダなんだけど」

八丈の言っている意味がわからず周囲を見渡すと、外来の奥から黒い影が出て来た。

ガスマスクに全身真っ黒な重装備と、ゴツい軍用ライフル。

ぴたりと八丈に照準を合わせたまま、ゆっくりと位置取りを変えている。

マイキーとダニーのどっちか分かんないけど、いつからそこに居たのよ。

ちょっと八田さん、さすがにこれはやりすぎじゃないですか？

「歳を取ると、用心深くなるものでな」

「ハァ？　年寄りは念のために、もうひとり外から狙わせてるってか」

屋外って、スナイパー的な人まで配置したんですか⁉

それはさすがに止めようとしたら、後ろから宇野女さんにハグされて動けなくなった。

「はい、七木田ちゃんはゴーグルとマスクをして、ヤケドしないように下がろうねぇ」

「ヤケド⁉　なにをする気——うぷっ」

スキー用みたいなゴーグルと防塵マスクで、ムリヤリ顔を覆われた意味がわからない。

振り返ってみると、宇野女さんも同じゴーグルとマスクを着けている。

待って待って、まさか外来にガスを撒《ま》くワケじゃないでしょうね！

「アヅキの準備は終わっただろうか」

「いいよー。いつでも、どうぞー」

「では、限りなく下がっていてくれ」

それは診察室から顔を出したテンゴ先生の声だったけど、背中になにかを背負っている。

手に持っているのは長い棒みたいな物で、これは田舎でよく見る近代畑兵器。

それ、歩きながら農薬を散布するヤツですよね！

だから先生も、全身防護服を着てるんでしょ⁉

「おー、天邪鬼院長センセー様じゃんか。ちょっと具合悪いから、診察してくれや」

「悪いが、今から消毒の時間なので」

言い終わると先生は、手にした棒状ノズルからブシャッと八丈に向けて何かを散布した。

もうっとした白い霧で、八丈の姿が見えなくなる。

その刺激臭はマスク越しにも、たぶんグルタラール製剤だと想像がついた。

これって人に向けて散布したら犯罪なんだけど、始祖《オリジン》が相手なら何をやってもいいの？

「なに考えてんの、先生……」

後ろから宇野女さんにハグされたまま、あっけにとられていると。

風狸《ふうり》さんの会社謹製の超強力換気扇が、最大で回り始めた。

思わず八丈を心配してしまったけど、そんな自分が情けない。

外来の強制排気が終わって、グルタラール製剤の霧が晴れてみると。

八丈は窓際のソファに座り込み、思いっきり足を伸ばしてくつろいでいた。

「アンタ、さすが鬼の血を引く末裔だわ。スゲーことやってくれるなぁ、おい」

「……無効か」

「ま、悪くない発想だったな」

防護服を脱いだテンゴ先生の眼は、珍しく鬼気を帯びていた。

「おまえ、疱瘡神《ほうそうがみ》の始祖《オリジン》だな？」

テンゴ先生は聞いたこともないあやかしの名前を口にしたけど、あたしを除いたみんなは八丈の素性に気づいていたのだろう。

だから、ゴーグルやマスクの準備をしていたのだ。

なによそれ、あたしにも教えてくれたっていいんじゃない？

いや、知ってたら消毒液の散布には反対してたかも。

その前に疱瘡神ってなによ、久々に【領域別あやかし図説】を見てみるか。


【疱瘡神】

疱瘡《とうそう》、天然痘《てんねんとう》を流行させる神。


その1行を読んだだけで、気を失いそうになった。

「ちょ待っ――うぇあっ⁉　天然痘⁉　あんた、なに――って、えぇぇぇぇっ⁉」

知ってる知ってる、あたしでもこれはヤバいって知ってる！

超致死率のヤツじゃん、絶対致死率のヤツじゃん！

「七木田ちゃん、七木田ちゃん。落ち着いてぇ、落ち着いて」

「落ち着いてって、宇野女さん！　あいつ天然痘って、超ヤバいっていうか――」

「天然痘、WHOから撲滅《ぼくめつ》宣言が出てるでしょ？」

「え……じゃあ、八丈って」

じっと見据えるだけだったテンゴ先生が、八丈に一歩近づいた。

「おまえ、あの石像に封じ込められていた奴だな？」

相変わらずの半眼でムカつくほどソファにふん反り返ったまま、八丈が先生を睨んだ。

でも、なにも言わない。

石像って、もしかして駅前の建設現場から出て来たやつのことだろうか。

「出土したあの石像は平安時代の物、しかも【天平の疫病大流行】の時の物だな？」

「だったら、どうなんだよ——」

ようやく問いかけに応えた八丈だけど、その眼が暗い炎に揺れているのだけは分かる。

ムカつくことにまたタバコを取り出し、火を付けて大きくふかした。

「——1300年も封じ込められて、娑婆に出たらこの有様だ。近代化？　ハーフ？　クオーター？　なにそれ、なに言っちゃってんの？」

「おまえ。江戸川町のあやかしたちに、何をバラ撒いた」

「挙げ句に人間サマが天然痘を撲滅しただと？　おめでとう。じゃあその人間サマが天然痘を畏《おそ》れ崇《あが》めたことで具現化した、オレの存在意義はなんだ」

「すぐには受容できないだろうが、あやかしの存在自体が今はそういうものだ」

「ふざけんなッ！　偉そうな口を利いてんじゃねぇ——ッ！」

八丈の動揺と怒りが、分からないわけではない。

なにせ1300年という気の遠くなるような年月を石像に閉じ込められ、ようやく出て来たら自分の存在意義も居場所もなかったのだ。

でも、だからといって何をやっても許されるものでもない。

「俺の質問に答えろ。この江戸川町に、何をバラ撒いた」

「アンタも天邪鬼の端くれなら、得意の読心《どくしん》でオレの考えてることぐらい読めや」

黙っているところを見ると、テンゴ先生は八丈の心が読めないらしい。

こいつの思考も、ぼわんと煙のように読めないのだろうか。

「人間風情が、始祖を山の隅へ追いやった？　馬鹿なこと言ってんじゃねぇよ」

それでも先生は、もう一歩前に出た。

たとえ天然痘に撲滅宣言が出されていたとしても、あいつが最後の生き残りかもしれないし、なにか危険な未知のウィルスかもしれないというのに。

「前にも言ったはずだ。この江戸川町にいる限り、俺が好きにはさせない」

「いやぁ、好きにやらせてもらうぞ。オマエら人間が好きにやってきたようになぁ」

「天然痘のない世界におまえが宣戦布告して、何ができる」

「オマエらには、あの天然痘を撲滅した人間サマの血が流れてるんだろ？　オレが何をしようとしてるかなんてチャチなこと、説明するまでもねぇよな」

「八丈。要求はなんだ」

タバコをもう一度吹かしてから、足元の床で踏み消し。

仄暗い瞳に浮かべた怒りの炎を、八丈が揺らした。


「――いつまでも逃げ隠れしてる広目天を、オレの前に連れて来い。土下座させてやる」


八丈はまた、広目天の名前を出した。

あやかしの始祖《オリジン》とはいえ、四天王のひとりである広目天を土下座させられるはずがない。

ましてや仏が、逃げ隠れするはずもない。

それなのに、この自信に満ちた不敵な表情はなんだ。

「そこの後ろに隠れてる毘沙門天の姉ちゃんなら、広目天がどこに居るか知ってるだろ」

「あ、あたし!? そんなの、知るワケ」

「知らねえワケねぇじゃん。オマエら、4体でワンセットの仏だろ?」

「知らないものは、知らないって! あたしが知ってるのは石垣島に居る、増長天《ぞうちょうてん》の」

「最初のお楽しみ期限は、1週間後の日没――」

それだけ言うと、八丈はソファから立ち上がった。

思わずみんなで身構えたけど、なにか攻撃してくる様子はない。

そう、八丈はすでに江戸川町のあやかしさんたちに攻撃を始めている。

今の異常な感染症の広がりは、間違いなくこいつのせいだ。

「――それを過ぎたら、第2段階に移行する。じゃあな。せいぜい、がんばってくれ」

「待て、八丈。こちらにも条件がある」

ぼんやり姿を消しかけていた八丈を、先生の強い言葉が引き止めた。

その視線は相変わらず、見たことないほど険しいものだ。

「ハァ⁉　天邪鬼センセー様は、なに強気なことを言ってんだ？　なぁ、やっぱ馬鹿なんだろ？　オマエらは交換条件を出せる立場じゃねぇって、この状況でもわかんねぇ？」

「おまえがこの江戸川町から一歩でも出たら、広目天など捜さない」

それを聞いて、思わずみんなと顔を見合わせてしまった。

少なくとも広目天を捜さなければ、八丈とは次の交渉すらできそうにないというのに。

「冗談だろ。オレがどこへ行こうが、オレの勝手だ。それを」

「おまえは自力で広目天を捜せない」

そう断言されて、八丈はすっと表情を消した。

たしかに霧のように消えてどこへでも行けるなら、自分で捜せてもおかしくない。

「だからこうして俺たちを追い詰め、捜させようとしている。おまえがなぜ捜しているのかなど、どうでもいいことだが。なぜ『自分で捜せない』かは、ちょっとした問題だ」

「だから、なに？　連れて来なかったら、オレは攻撃を第2段階へ移行するだけだ」

「好きにしろ――」

えっ、どういうことですか先生。

こいつが好きにしたら、いま以上のとんでもないことになるじゃないですか。

「――そのかわり、俺はおまえを決して許さない。どのような手段や方法を使ってでも、永遠に許さない。たとえそれで人から『鬼』だと蔑《さげす》まれても、俺は躊躇《ためら》わず実行する。おまえが存在する限り、昼夜を問わず常におまえのそばで、日本中のあやかしたちの力を借りてでも、必ずおまえに報いる」

淡々と話しているけど、先生の言っていることはかなり過激で本気で。

これではまるで、相討ち覚悟の瀬戸際交渉だ。

「まるで『一枚岩』のように、あやかしは一致団結できるとでも思ってんのか？」

「おまえ以外はな」

「一枚岩なんてなぁ、立場が変われば簡単に割れるんだよ」

「話を逸らすな。こちらの条件を飲むのか、飲まないのか。今すぐ決めろ」

今まで圧倒的に有利だった八丈に対して、互角ではないけど先生は交渉を進めている。

「……まぁ、いいだろう。ゲームにはルールがあった方が楽しい。だが、1週間だ」

「八丈、これは交渉《ネゴシエーション》だ。どちらかが破棄すれば、その時点で次の取引はない」

「馬鹿じゃね？　それは、こっちのセリフだろ」

「ともかく、これ以上の感染拡大は認めない。この問題は江戸川町だけ――つまり、俺たちとおまえだけで決着をつける」

八丈は「どこにでも在って、どこにも無い」存在。

フラフラと出て行かれたら、この状況が全国的に広がってしまうかもしれない。

先生は八丈を、この江戸川町内に封じ込めておきたかったのだ。

「はいはい、決着をつけようじゃないの。で、もう帰っていいか？」

「どこへ帰る気だ」

「聞く前に考えろや、ボケ」

憎々しげに吐き捨てると、八丈はその場から霧のようにぼわんと消失した。

土下座するかどうかは、別として。

ともかく、広目天を捜さなければ話は進みそうにない。

「アヅキ。やはり、広目天の居場所は知らないのか」

「……すいません。毘沙門天すら、ロクに出て来ない状態で」

目の前にやって来た先生の悲しそうな瞳に、応えたかったけど。

無力なあたしには、首を横に振ることしかできなかった。

「彼らにも何か考えがあるのだろうが……手をこまねいて待っているわけにもいかない」

「先生、どうするんですか？」

「俺はこの町と、アヅキの主治医だと思っている――」

先生のキレイな手が、あたしの髪をそっと撫でる。

「――決して、あいつの好きなようにはさせない」

「先生……」

「絶対にだ」

その言葉は優しく力強かったけど、先生の眼は見たことのない色を纏《まと》っていた。

▽　▽　▽

疱瘡神の八丈が宣戦布告をしてから、今日で3日目。

クリニックの休診日だけど臨時的に開けて、患者さんの対応に追われた1日だった。

今は外来を閉めたあと、「江戸川町あやかし緊急会議」に出席するため仙北《せんぼく》さんのカエル・コーポレーションへテンゴ先生と向かっている。

でもあたしは正直、最近ちょっと疲れてきている。

忙しい毎日に疲れるというよりは、数ヶ月単位で腹にパンチを食らい続けて、体にダメージが蓄積してると言えばいいだろうか。

無意識に、ため息が出てしまった。

「どうした、アヅキ。体調不良か？　過労か、低血糖か、発熱か？」

「いや、そんなに鑑別診断を並べられるような——ちょ、あッ!?」

おでこにおでこを当てるなんて、少女コミックでしか見たことないです！

ひゃおっ、首筋に手を当てないでください鳥肌がッ！

「俺の知る平均的なアヅキの体温だと思うが、体温計を取りに戻って」

「いやいや、大丈夫ですって！　ちょっと、疲れているだけですから！」

「なるほど。では」

あーっと、黄色い缶のMAX甘い缶コーヒーで血糖は上げなくても大丈夫です。

それキライじゃないですけど、本気でめちゃくちゃ甘いので。

「ほんと、そういうんじゃないんで」

歩いていた足を止めて、テンゴ先生があたしを見ている。

その視線は素速く動き、あたしの頭からつま先まで変化がないかを探しているようだ。

「喉頭炎は治ったのか」

「あ、はい。ノドのかすれとイガイガは、先生の処方ですぐに」

「すぐに？　そうか……やはり、ヒトは治るのか」

「やはり……ヒト？」

「いや。今はそれより、アヅキの疲労の方が問題だ。今日の会議は」

「それは行きますよ。大丈夫なので」

「しかし、酷く疲れているのでは」

「ほんと、大丈夫ですから」

先生は腕組みしたまま、あたしをジッと見ている。

少しだけ寂しそうな顔をして、そこを動こうとしない。

「俺はアヅキに対して読心ができない。話せないことなら話せるようになるまで待つので、うやむやにせず必ず話してくれるとだけ、約束して欲しい」

「す、すいません……なんか、気を使わせちゃって」

「気は使っていない。そういう……その、他人的な配慮や懸念ではなく……なんというか、もっと親密な間柄で取り交わされる感情のひとつで、逆に俺はアヅキに遠慮されているのかと思うと……まぁ、そういうキモチになっただけだ」

つまりカレカノ的に心配している、と先生は言いたいのだと思う。

あたしの何十倍も疲れているのは先生のはずなのに、あたしときたらもうね。

「遅刻しちゃうんで、歩きながらでいいですか」

「行くのか？」

「もちろんです」

「そうか……まぁ、アヅキがそう言うなら」

先生、最近よく手を繋ぎたがりますよね。

歩くときは手を繋ぐって、決めてるみたいですよね。

「今年はインフルエンザのシーズン、めちゃくちゃ忙しかったですよね」

「わりと流行したな」

「その直後に、世界的大流行になったじゃないですか」

「あれは酷かった」

「それがまだ残ってるのに、このワケわかんない感染症の流行じゃないですか」

「まぁ、あの疱瘡神の仕業だとわかったのだが」

「先生、疲れないですか？」

「いや、別に――」

と言いかけて、ハッとした先生があたしを振り返った。

「――別に、俺も疲れたと思う。その……日常生活に支障がない、というレベルで」

あたしに合わせてくれたのか、先生の日本語が変になっていた。

やはり先生は、目の前で起こる出来事に淡々と対応しているのだ。

どんなに未知の感染症が流行しても。

先生は顔色ひとつ変えず、やるべきことを日々黙々とこなしていた。

起こっていることに対して最適な一手を休まず打ち続ける、完全に問題解決型だった。

「あたし、疲れたっていうか……なんか、イヤなんですよね」

「エ……イヤ？　それは、なんというか……うちで働くのが、イヤになった……と？」

「ぜんぜん」

「そ、そうか。それは良かった」

違いますから、そんなに動揺しないでください。

そんなこと、今までこれっぽっちも考えたことないですから。

「あの世界的感染症パニック、記事やテレビを見てるだけでもすごく辛くて」

「まぁ完全ではないが、ある意味では未知の感染症だったので。残念ながら人の反応としては、歴史的に見ても毎回あの程度にはなるものだ」

「それです」

「……どれ？　俺？」

「また今度も、あんな風になるんじゃないかって……あやかしさんたちが亡くなったり、会社が倒産したり……外出禁止とか、買い占めとか、デマとか……」

もちろん今回はあんな酷い感染症じゃないことぐらい、あたしにもわかっているけど。なにが疲れたかといって、デマや噂で必要以上に心配している「ヒト」たちの姿を「見ているだけ」だったこと——テレビやネットでやたらと不安ばかり煽られ、かといって為す術《すべ》がない状態になってしまったことだった。

幸いなことに、あやかしさんたちには正しい情報を提供することができた。最終的には鎌鼬《かまいたち》のホワイトハッカー翔人《しょうと》さんの構築したあやかし緊急ネットワークのおかげで、全国のあやかしさんたちにもどうにか正しい情報を伝えることができた。

でも「ヒト」はむしろ氾濫しすぎたネットワークの情報で、正しい方にも間違った方にも、数日単位で大きく揺り動かされていた。

やがて「あいつが感染を広めた」「あいつのせいで会社が閉鎖された」と感染者に対するヘイトが高まっていき、地方の田舎ではひとりでも「陽性者」が出れば新聞よりも早く近隣に伝わり、あっという間に親戚一同が文字通り村八分にあってしまう。

ついには「あの店に感染者がいた」とデマを流して閉店に追い込む、悪質な威力業務妨害まで流行り、マンションでは感染の噂を立てられた住人が立ち退きを要求される始末。

日本も含めて「世界中が疑心暗鬼だった」といえばいいだろうか。

それを知ってか知らずか、あの八丈は「疑心が暗鬼を生む」とあたしに言った。

そのことがあたしには、意外に重くのしかかっていたのだ。

「現状では疱瘡神がなにをしたか分からないが、少なくとも単一感染症の流行ではない。それに規模も江戸川町という特定の地域だけ、そしてあやかしだけという地域流行《エンデミック》で」

「それです」

「……どれ？　俺？」

だから、先生は別になにも悪くないんですって。

世界規模の感染症でもドーンと構えていたんですから、もっと自信を持ってください。

「それが今度は、あやかしから始まったと考えたら、あたし……」

「厳密には、八丈を発端症例《プライマリー・ケース》とは言えないと思うが」

「それに……なんか似てませんか？　福辺の時とも」

「ひょうたん小僧……嵩生《しゅう》くんの時か」

その名前を聞くと、いまだに心臓が一瞬だけ握りしめられる。

忘れる必要はないと先生は言ったけど、忘れられないのも辛い。

「また誰か、死んだりするのは……もう、イヤなんです……」

「あれは感染症ではない。ただの偶発的な事故で、福辺が不安を――アヅキ⁉」

「……あれ？」

なんであたし、泣いてるんだろ。

今ここ、泣くようなところじゃないのに。

「す、すいません……別に、嵩生兄ちゃんを思い出したからじゃなくて……なんでだろ」

理由を考えている間に、テンゴ先生があたしの肩をぎゅっと抱きしめてくれた。

柔らかい先生の匂いが、あたしをふわっと包んでくれる。

「いろいろ気づいてやれなくて、申し訳ないと思う」

「いや、あたしの方こそ……なんの話をしてるか、ワケわかんないっていうか」

「俺は、とてもよくわかった。確かにアヅキは疲れている」

「先生……」

「こういうのは、どうだろうか――」

あたしの両肩にしっかりと手をかけ、真正面からあたしを見つめたテンゴ先生。

その目は優しく、口元には微《かす》かに笑みを浮かべていた。

「――この一件が終わったら、俺はアヅキとどこかへ旅行に出たいと思っている」


「せ、せんせぇぇ……それ、言っちゃダメですよぉぉ」

「エ……エッ？　なぜ!?」

ヤメてそれ、死亡フラグのセリフじゃないですかぁ。

いつも言いそうにないこと、なんでこのタイミングで言うんですかぁ。

▽ ▽ ▽

なんとか情緒不安定な涙が止まったので、カエル・コーポレーションに急いだものの。

結局あたしのせいで、少しだけ会議に遅れてしまった。

「遅れてすいません、あやかしクリニックの新見です」

ばーんと入って行く先生の後ろから会議室用の広い部屋の中を覗いたら、なんか思ったより偉い人っぽいあやかしさんたちが集まっていてびっくりした。

大きなダイニングテーブルを囲んで、男女年齢様々な6人の面々。

顔を知っているのは、あやかし保育園の浅茅《あさじ》園長先生と、あとは迎えてくれたこの仙北さんだけだ。

「新見くん、大丈夫？　今日は休診日なのに、クリニックを開けてたんでしょ？」

「まぁ……それは、必要だと判断したので」

「お疲れのところ申し訳ないですが、早速お願いします。七木田さんは、自分の隣で」

相変わらず仙北さんは中性的で、女子で言うショートボブというかハンサム・ショートも、白の襟シャツに黒のベストも、やたらと似合っている。

淡麗な切れ長の目でさらさらヘアをかきあげながら、どうぞとイスを勧められ。

仙北さんの隣に座らされたけど、先生はセンターの位置で司会を始めてしまった。

「お忙しい中、お集まりいただきありがとうございます。改めまして、本日の『江戸川町あやかし緊急会議』の議長を務めさせていただきます、新見天護です」

えっ、先生が議長だったんですか⁉

あたしのせいで、緊急の会議が遅れちゃったんだけど！

誰かが言ってたよね、「6人を5分待たせたら、それは6×5＝30分の遅刻」だって。

「本日の議題は『特異的あやかし感染症』についてです」

その表現は初めて聞くものだったけど、やはりこれはあやかしさんだけの問題らしい。

先生は何の資料も見ないまま、クリニックで起こっていることを説明し始めた。

「約2週間前から、あやかしたちの罹患《りかん》する感染症が『非常に治癒しにくい』という現象が現れ始めました。起因菌はどれも日常診療でよくみかけるマイコプラズマ、溶連菌、アデノウィルス、RSウィルスなど未知のものではありません。にもかかわらず、2週間で成人のあやかしが4人も入院治療を必要としたことは、確率の偏りを考慮しても多すぎます。患者受け入れにはTK大学で感染症を専門とされている呼吸器内科の准教授、尼美《あまび》先生のお世話になりました。ありがとうございます」

先生のお辞儀に「いえいえ」と恐縮そうにしているロマンス・グレーの襟シャツ男性が、その准教授なのだろうけど。

そんな偉い人までわざわざこの江戸川町へ来るほど、やはり事態は異常なのだ。

「それだけなら、まだなんとか説明が付くのですが……問題は、子どもたちです」

テンゴ先生の視線を受けて発言したのは、浅茅園長先生。

相変わらず妖しいセクシー・オーラをまき散らしているけど、顔は真剣そのものだった。

「新見先生の言われている子供たちの問題とは、ようやく感染症が治癒しても『あやかしの姿が現れたまま消えない』ということです」

「浅茅先生。どの子も、生薬は確実に内服しているのですよね？」

「ご家庭で徹底してもらっています。新見先生に相談した、1.2倍量まで飲ませています」

「それでも無効ですか」

「約6割の園児が、いまだに姿が出たまま登園できずにいます」

それを聞いて、テーブル全体がどよめいた。

姿が隠せないあやかしなんて、今の時代にあってはならない現象だ。

「西江戸川小学校では、いかがですか」

先生に話を振られて起立したのは、ガタイのいいスーツ姿の中年男性。

何をしてるあやかしさんだろうかと考えていると、仙北さんが小声で教えてくれた。

「あの方は西小の鬼頭《きとう》校長で、鬼童丸《きどうまる》のハーフです」

「あ、校長先生でしたか」

仙北さん、察しのいい人だな。

いやいやテンゴ先生、特別な話はしてませんからコッチは気にしないでください。

「校長の鬼頭です。本校では各学年に、意図的にあやかし系の子ばかりを集めた組《クラス》を設けているのですが。その組だけ、突出して病欠の児童が目立ちます」

「やはり、生薬は無効？」

「担任と養護教諭に徹底してもらっていますが……約4割が無効で、低学年ほどその割合が高くなっているそうです」

「幼児より率は低いみたいですが……隠し通すことは、できそうですか？」

「……もう少しで『学級閉鎖』をしなければならない、ギリギリの数です。そうなれば、どうしてもその組だけ目立たざるを得ません」

テーブルのあちこちで、ため息が漏れた。

インフルエンザのシーズンでもないのに、学級閉鎖はかなり目立ってしまうだろう。

「熊谷《くまがい》さん。ヒトの間では、なにか動きはありませんか」

背の低いスーツ姿の小太り男性が、汗をふきふき緊張した表情で立ち上がった。

この人も、今まで会ったことのないあやかしさんだ。

「あれはね。区の保健所長をしている、狢《むじな》のクォーターさんですよ」

「えっ、保健所長さんまで来てるんですか？」

また耳元で、仙北さんが教えてくれたのだけど。

すいません、ちょっと近いです。

テンゴ先生が、めちゃくちゃ気にして見てますから。

「定点観測で報告される地域流行感染症に関して……ヒトの医療機関からはこれといった特徴は見られず……ヒトの間では、特に変わった感染の流行はない……と考えられます」

「ではやはり、これはあやかしに限定した現象ですか」

「はい、そうです……その、新見先生からのご報告は……ちょっとアレですので、私のところで止めさせていただいて……まだ所内では、話題にすらなってないです……はい」

「御迷惑をおかけします。ご協力、感謝します」

「いえいえ……アレですよ、なんというか……まだ色々と尾を引いていますし、ヒトへの不要不急の不安と申しますか……そういったものは、極力避けたいので」

誰にも報告をせずに止めてるのって、かなりヤバい橋を渡ってるんじゃないかな。

また汗をふきふき、熊谷さんは恐縮しながら腰を下ろした。

「ただ、皆さん。幸いなことに、元凶はハッキリしました――」

それが幸いなのか災厄なのか、わからないけど。

ともかく江戸川町の主要な皆さんには、知っておいてもらわないといけない。

「――先日、うちのクリニックに『疱瘡神の始祖《オリジン》』が来ました」

隣の仙北さんが、黙ったままわずかに唇を引き締めた。

集まった皆さんは互いを見合い、激しい動揺が隠せない。

「ほ、疱瘡神ですか⁉」

「そんな、まさか……天然痘？」

「あり得ない！　ＷＨＯから撲滅宣言が出されているでしょう⁉」

やはり疱瘡神の出現は、あやかしさんたちにとっても大事件らしい。

今までずっと眉間にしわを寄せて腕組みのまま黙っていた男性が、不意に立ち上がった。

「申し訳ない――ッ！」

もの凄い勢いで直角に頭を下げ、いきなりの謝罪。

誰だろう、この人が工事現場から掘り起こしちゃったのかな。

けどそれだって、別にこの人のせいじゃないと思うけど。

「百瀬《ももせ》会長、顔を上げてください。これは、あなたの責任ではない」

「いいやッ！　江戸川町駅前商店会会長として、これは重大な過失だ！」

「過失もなにも、駅前商店会の落ち度では」

「あの疱瘡神――八丈の素性がわからないまま、客寄せに大道芸のパフォーマンスを依頼した、我々の過失は計り知れないッ！　百々目鬼《どどめき》のハーフでありながらこの失態……百の目がすべて節穴だったとは、お恥ずかしい限りでッ」

百々目鬼が、どんなあやかしさんかは知らないけど。

八丈のやっていたパフォーマンスを、改めて思い出してみた。

バルーン・アートやジャグリング自体は、これといって特別ではなかった。

でも八丈は自分が手にした物を必ず観客に渡し、必要以上に接触を持とうとしていた。

そうか、八丈はあの時に感染症をバラ撒いていたのか。

「百瀬会長。あいつがクリニックに来て宣戦布告するまで、その事実に誰も気づけなかった。それは、あなたも同じことです」

「しかし……ショッピングモールでの開催や、駅前広場での開催も含め……延べ23回、毎回30人以上の観客と接している……それはもう、奴に依頼した我々がクラスターを発生させたと言っても過言ではあるまい……」

知らなかったとはいえ、ショックを隠し切れていない。

急激に力を失い、百瀬会長はうなだれて腰からイスに落ちた。

「後方視的に悔やんでも仕方ありません。それより今日は、今後どのような対策を立てていくべきか、それを共有するために尼美准教授にも来てもらっています」

ロマンスグレーに襟シャツの似合う渋めの尼美准教授が、満を持して立ち上がった。

たしかアマビエのクォーターらしいけど、まさか「お守り」とか言い出さないよね？

「TK大学呼吸器内科で感染症を専門にしている、尼美です。新見先生から患者さんの検体をすべて回してもらい、現在うちの研究室《ラボ》で培養と解析をしています」

「尼美先生、どう？」

なんとなく口調と雰囲気から、テンゴ先生の方が先輩ではないかと感じる。

顔が広いというか——考えたくないけど、歳がいくつなのか気になってしまう。

「電子顕微鏡《でんけん》レベルでは、構造上に変異はないですね。ＤＮＡレベルでは解析中ですが、現状で予想しているのは生薬受容体《レセプター》への特異的阻害作用変異です」

「すまないが、ここでは少し噛《か》み砕いてもらえるだろうか」

「失礼。つまりウィルスや菌自体には、新しい分類をするほどの形態変異は認めないのですが。あやかしに現代医療が効くために絶対必要な生薬を『鍵』だとすると、こいつらはそれを受け取る『鍵穴』を、何らかの物質で塞いでいると考えています」

あやかしのハーフやクォーターさんたちが病気になると、あくまでも「ヒトの医療」で治療をするのが基本だ。

その薬効が正しく発揮されるために生薬が必要なのに、その鍵穴を塞がれているのでは薬が効くはずもない。

だからみんな、どこにでもある感染症なのに症状が長引いているし、その生薬であやかしの姿を抑えている子どもたちはヒトの姿に戻れないのだ。

「阻害物質の解析は？」

「RSウィルスでもマイコプラズマでも菌種を問わず、いただいた検体からはすべて同じ低分子量の疎水性シグナル分子が検出されました。これが鍵穴を塞いでいると、現段階では推測しています」

「では、いずれヒトにも気づかれてしまうのでは」

「それはないと思いますよ。ヒトにとっては一般的な物質で、かつ無害で微量ですからね。金にもならないのにわざわざこれに着目して研究するヒトの医者は、いないでしょう」

「つまり、あやかしだけを狙った変異操作……そんなことが、八丈にできるのか？」

「どうでしょう。疱瘡神は『どこにでも在って、どこにも無い存在』と言われていますけど、だからといって細菌やウィルスに対して分子レベルで干渉可能かどうかは」

そう言われて、今まで見たことがないほど眉間にしわを寄せたテンゴ先生。

そこまでわかってきたのなら、なんとかなりそうな気がしないでもないけど。

「少なくとも、それらを分泌させないための『新薬』が必要だということか……」

「新規の医薬品で、あやかしだけに必要なものですよ？　開発に時間がかかるという以前に、そんな企画自体が製薬会社内で通るはずありません」

「あとは無認可……たとえば尼美先生のところで作る、ということは？」

「技術的には可能かもしれませんけど、量産は不可能です。それに予算もおりないでしょうし、大学から不審に思われたら終わりです。それよりも、変異感染症にも阻害されない

『新しい生薬』を見つけることは無理なんですか？」

「探してはみるが……見つかる確率は、気が遠くなるほど低いだろう」

そこで挙手をしたのは、意外にも仙北さんだった。

「新見くん。疱瘡神の八丈は、取引条件を提示してきたのでしょう？」

「ええ。広目天を連れて来いと」

パパが仏像マニアなので、うしろのアイツに聞かなくても広目天は知っている。

主な御利益に、無病息災があるのだ。

平安時代の天然痘大流行で具現化した疱瘡神の八丈は、広目天によってあの石像に封じ込められたに違いない。

その怨みを晴らしたいからこそ「土下座させる」などと言っているのだ。

けど四天王の中では珍しく知恵を授けたりする「文系」で、なんでもお見通しの千里眼まで持っている広目天が、この事態に気づいていないはずがない気もするんだけど。

うしろのアイツが相変わらず出て来る気配がないので、どこに居るのか聞けやしない。

「私怨でしたか。ではこの新種の感染は、八丈が目的を達成するための手段。それを封じることが難しいなら、目的の方をどうにかするしかないですが……期限は？」

「1週間……あと、4日しかありません」

「もしその期限が来ても広目天が現れなければ、八丈は目的を達成できない。その時は新見くんの瀬戸際交渉も破綻するので……奴との全面衝突は避けられそうにないですね」

皆さんの視線は、やっぱりあたしに集まってしまうのだけど。

四天王のひとりを背負ってるのに、広目天の所在はなにも知らないんです。

その空気を読み取ってか、テンゴ先生がフォローしてくれた。

「アヅ――うちのナナキダさんは、残念ながら所在を知りません。広目天はおそらく西日本にいるのではないかという推測のもと、あやかし緊急ネットワークの設立者である鎌鼬3兄弟のひとり、利鎌翔人の指示で部隊を派遣していますが」

今度ばかりは翔人さんでも八田さんでも、簡単に捜し出せるとは思えない。

だってあたしの時も石垣島の芦萱《あしがや》先生の時も、背中に背負ってるなんて顕現《けんげん》するまで自分でも気づいていなかったのだ。

もしすでに顕現しているとしても、あやかしさんたちのように輪郭が光ったり、なにか気づけるものを出したり、そういう「サイン」が全然ない。

芦萱先生はドクターだったから、少しは目立つ存在と言えるかもしれないけど。

あたしなんて、ただの就活惨敗学生だったわけだし。

今は医療事務で、少しは医療に携わっているとはいえ――。

「――あれ？」

「どうした、アヅ――ナナキダさん」

いやもう、皆さんの前でも「アヅキ」でいいんじゃないですかね。

それより先生、これは捜し出すヒントになりませんかね。

「テンゴ先生。あたし、医療事務ですよね」

「いや」

「えっ？　ちょ、違うんですか⁉」

「エ？　いや、そういう意味の『違う』ではなく……その、もはや単一の機能だけを目的にうちのクリニックに就労している存在ではないというか……俺にとっては、医療事務以上の存在であるという意味で」

相変わらず直球じゃない表現なのでわかりにくいですけど、ありがとうございます。

ただ皆さんも、どう反応していいか困っておられますし。

「石垣島の芦萱先生はドクターでしたし……広目天も医療従事者が背負ってる可能性は、ないですかね」

「……なるほど。そのカテゴリーでの捜索も、方針のひとつとして考慮すべきか」

テンゴ先生は、すぐに八田さんへ連絡しているけど。

八丈の指定した期限まであと4日、捜索対象は西日本のヒトすべて。

突きつけられた条件は、無理難題にしか思えなかった。

▽ ▽ ▽

期日までの4日なんて、あっという間に過ぎてしまった。

テンゴ先生やあたしにできることは、ともかく増え続けるあやかしさんたちの感染症に対応することだけ。

毎日80人ぐらいの患者さんを診療しながら、別働隊の捜索報告を待つしかない。

今日は申し訳ないけど、日没までには外来を終わらせてもらい。

タケル理事長、ハルジくん、そしてテンゴ先生と共に、八丈が姿を現すのを待っていた。

「よぉ。シケたツラを並べて、お迎えご苦労さん」

相変わらず革の上下にダルそうな半眼で、八丈は定刻通りに外来にやって来た。

毎回くわえタバコを足元に落とし、わざわざ外来の床の上で踏み消すのは、完全にあたしたちを挑発しているとしか考えられない。

みんな険しい顔で八丈を睨みつけているが、誰もなにも言えず。

その理由を知っているかのように、八丈はまたドカッと横柄にソファへ腰を下ろした。

「で？　そろそろ期限の日没になるワケだが……広目天はどこだ」

広目天を捜し出すことは、限りなく不可能に近い。

それでも、あたしたちは諦めたりはしなかった。

「なぁ、わかってんのか？　交換条件を出したのは、アンタだぞ？　天邪鬼」

「……そうだ」

「オレはそれを守った。それなのにアンタは『天邪鬼ですから』で済まそうってか？」

「いま、八田さんが連れて来ている最中だ」

「知るか。交渉決裂だな」

「待て、八丈。まだ日没の時間ではないはずだ」

「クォーターの分際で、オレに命令するなって言ってんだろ」

時刻は午後6時前――。

先生の言葉なんて聞く素振りもなく、八丈は「スマホ」で何かを確認している。

1300年も封じ込められていたクセに、こいつは現代文明の吸収がやたら速い。

まさか攻撃の第2段階は、スマホから始まるのだろうか。

「日没の時間までわかるなんざ、便利な時代になったモンだなぁ……3……2……1……

はい、タイムアップな。文句ねぇな？　それじゃあ、第2段階に」

その時――バーンと勢いよく開けられた入口から、八田さんが駆け込んで来た。

珍しく肩で息をしながら、なにかを伝える前に呼吸を整えている。

「あ、亜月様！　お連れしましたぞ！」

八田さんの後ろに立っていたのは――。

えっ、これが広目天を背負ってる人なの？

襟足が長めで乱れ気味のオールバックにサングラスをした、チャラそうなイケメン。黒っぽい襟シャツの胸元は全開で、ネクタイがすでにネックレス状態になっている。やたら長い脚がタイトなデニムで引き立てられているけど、せめて耳の光り輝くピアスは外して来て欲しかった。

この違和感は間違いない、絶対この人は広目天を背負っていないと思う。だってその証拠に、輪郭が光っている――つまり、あやかしなのだから。

「待たせたな。おれの名は富広那義《とみひろなぎ》。広目天に仕える」

「今度は、どこの馬鹿を連れて来たんだよ。オマエら、本気でナメてやがるな？」

八丈がそれに気づかないはずもなく、露骨にイラついた表情を浮かべていた。

「おいこら、まず聞けって。おれは広目天に仕える、富単那《プータナ》のクォーターだ。その昔は『悪霊』や『吸血鬼』などと畏れられ」

「……チッ。話になんねぇわ」

「だから、聞けってば！」

八田さんのことは信じているけど、さすがにこれは誰を連れて来たのか説明が欲しい。

広目天じゃないだけでも大問題なのに、張りつめた緊張感をブチ破るぐらい真剣さが足りないというか、せめてこの全身から溢《あふ》れ出るテキトー感はヤメてもらえないかな。

「馬鹿馬鹿しい。時間のムダだ」

ほらぁ、テンゴ先生も黙ったまま変な汗をかいてるじゃないの。

タケル理事長とハルジくんなんて、顔に「ヤベーなコイツ」って書いてあるし。

あたしたち今、わりと真剣に危険な状況の瀬戸際にいるんだけど。

「待て、疱瘡神！　広目天に会いたくば、おれを倒してからにするんだな！」

ヤだもう、なにその決めポーズ。

ニチアサの特撮ヒーローものじゃないんだよ？

いまの江戸川町ってマジでピンチなんだけど、それをちゃんと理解してる？

「ロスタイムはねぇんだよ」

「さては怖気《おじけ》づいたな⁉　千里眼を持つ広目天は、なんでもお見通しだぞ！」

「アンタ、広目天じゃねぇし」

「今はそういう問題ではない！」

「そういう問題だろ――」

ソファから立ち上がった八丈は、富広のすぐ目の前にスッと歩み出た。

迎え撃つ形になったテキトー男の富広といえば――空手とカンフーをごちゃ混ぜにして勘違いしているハリウッド映画みたいな構えをして、しかも一歩うしろに下がっている。

「――おら、どうした。なんか必殺技でも出してみろよ」

まったく恐れる気配すらない八丈は、トンと人差し指で軽く富広のおでこを突いた。

だから富広、なんで冷や汗を流してフリーズしてんのよ！

せめて何かやり返しなさいよ、マジでなんのために来たのか分かんないんだけど！

「じゃあ、天邪鬼センセー様よ。約束通り、第2段階を発動させっからな」

「八丈。実は――」

「もう、そういうのは要らねぇ。まじ、馬鹿くさくて付き合ってらんねぇ」

「――広目天は、まだ顕現していない」

その言葉に、八丈も含めた外来にいるみんなの顔色が変わった。

「あ？　なんだ、そりゃ」

「広目天を背負っている人物は特定した。だがいまだに顕現していないので、今日ここへ連れて来るわけにはいかなかった」

これは、かなり最悪な展開になってきたと思う。

顕現していないということは、背負ってる本人が気づいていないということ。

あたしは石垣島での百鬼夜行《ひゃっきやぎょう》があったからこそ、うしろのアイツが顕現したわけで。

その人にあのレベル以上の何かが起きないと、広目天も顕現しないということだ。

「で？」

「その顕現に必要なのが、この……富広という男だ」

八田さんが連れて来たぐらいだから、なにか意味があるだろうとは思っていたけど。

肝心の富広はようやく構えを解いて「わかればいいんだよ」みたいな顔をしている。

どの角度から見ても頼りないというか、その場しのぎのテキトー男というか。

広目天の顕現に、この男がどう役立つのかサッパリ想像もつかない。

「オレが知ったことか」

「もう少しだけ……期日を延ばしてもらえないだろうか。そうすれば必ず」

半眼でテンゴ先生を見据えたまま、八丈はまたタバコを取り出して火を付けた。

「おい、天邪鬼。ネゴシエーション《交渉》の基本はお互い信頼関係を築くこと、つまり約束を守ることだと言ったのは、オマエだよなぁ？」

「そ、そうだ……」

「オレは守った。だが、オマエは破った――」

ひとつ紫煙を大きく吐き出した八丈は、ＬＩＮＥかメールの確認でもするように軽くスマホの画面をタッチした。

「――だから交渉の第２段階、スタートだ」

「な、何をした!?」

「そのうち嫌でもわかる。ともかくオレの要求は、シンプルで変わってねぇ」

「八丈……」

「もう一度確認するぞ。オレはこの町を出ねぇ。オマエらはまた1週間後の日没までに、その寝ぼけた広目天を叩き起こして来る。それができなかったら、今度は――」

「どうするつもりだ」

「――もう手段は選ばねぇ。オレが広目天を引きずり出してやる」

平安時代の疫病大流行で、人の畏怖と畏敬が具現化したあやかし――疱瘡神。

それが手段を選ばなくなった時、何が起こるのか想像すらできなかった。

背を向けて立ち去るすれ違い様、八丈は頼りないテキトー男の富広に向かって火の付いたタバコを指ではじき飛ばした。

「熱《あっ》つ！　おま――なにすんだ！」

「テメエも寝ぼけたこと言ってないで、真剣にやれよ。次は、ねぇからな」

「なにおう!?」

どれだけ富広がインチキ拳法みたいな構えを見せても、八丈には通じない。

もちろん、それを見ているあたしたちにもだ。

八丈が立ち去って静かに入口のドアが閉まると、みんなからため息が漏れた。

ただ、テキトー男の富広を除いて。

「ふぅ……間に合ってよかった。皆さん、危ないところでしたね」

いやいや、あんた全然なんの役にも立ってないから。

時間稼ぎにもならなければ、八丈から別の交渉を引き出すこともできなかったでしょ。

「やぁ、どうもどうも。あなたが毘沙門天の、七木田さんですね？」

つかつかっとやって来て、妙に大きくシェイクハンド。

確かに笑顔は爽やかな、オールバックの似合うイケメンだけど。

「……広目天とは、どういったご関係の方なんですか？」

「おれですか？　なにを隠そう、広目天に仕える富単那のクォーターで」

「いや、それは聞きました。確かうちの毘沙門天も百足《ムカデ》とか、夜叉《やしゃ》や羅刹《らせつ》なんかの鬼神も使役してるらしいですけど……富広さんはクォーターということで」

「ですね、祖父が富単那なんで。けどおれクォーターにしては、結構あやかしの能力が強く残ってる方みたいなんですよ。だから取りあえず、八田さんからこの話を聞いて駆けつけたってワケなんですけどね」

「うーん……あたしが聞きたいのは、そういうことじゃなくてですね」

「おれの得意技ですか？」

いやそれ、絶対ないでしょ。

さっき八丈を前にして、インチキな構えのままフリーズしてたじゃないの。

「広目天は、まだ顕現してないんですよね？」

「そうなんですよ。ほんと、おれもそれでマジに困ってるんです」

「顕現してないってことは……背負ってる方って、今はまだフツーの方ですよね」

「ですね」

「その方と富広さんって、ヒトの社会的にはどういうご関係なんですか？」


「付き合ってます」


「え……？」

「……エ？」

そして思わず、あたしとテンゴ先生の声がハモッてしまった。

あたしたちだけでなく、ここにいるみんなの目も点になっている。

「ちょ待っ——ハァ!?　広目天が彼女ッ!?」

「広島の病院で医師をやってるんですけど……写真、見ます？」

いらない、いらない、写真とか見せても仕方ないでしょ！

お願いだから、少しはこの場の空気を察してよ！

「ぜんっっっっぜん、理解が追いつかないです！　使役されてるんですよね!?」

「だからぁ。付き合ってる彼女が、広目天を背負ってるんですって」

「あぁ、なるほど……って、待って――えっ、あれっ？」

広目天を背負ってる女性が、使役しているヤツと付き合ってる？

それって毘沙門天を背負ってるあたしが、仏像上で踏んづけてるテンゴ先生と付き合ってる状況に似てるっていうか――そのままに近くない？

確かにこれは、広目天が見つかったも同然だけど。

なんかそれ以上に、とても難しい問題が出てきた感じがしてならない。

「すごいですよね、七木田さんと新見先生って」

「……なんで、ですか？」

「だって毘沙門天を背負いながら、天邪鬼のクォーターである新見先生とお付き合いをされてるワケじゃないですか」

「ええ、まぁ……ありがたいことですけれども」

「新見先生を踏んづけながらお付き合いすることに、抵抗はないんですか？」

「そうですね――じゃなくて、踏んでない！　ぜんぜん踏んでないですから！」

はぁっ、とため息をついた富単那の富広。

いやいや、脱力したいのはこっちの方だってば。

「おれ、彼女と同じ病院で働いてた社労士なんですけどね。東京の新規関連病院への出向で、今は遠距離恋愛中なんですよ」

知らんがな、そんなこと。

それ、あたしにどうしろって言うの。

「彼女って病棟医長だから忙しいですし、なんかギスギスしちゃって……普通の話も、LINEでしかできないぐらいなんです」

「はぁ……」

「そんな時に『キミは広目天を背負ってて、おれは使役されてる富単那だ』なんて、言えないじゃないですか」

「いやいや。すいませんけど、そこは言ってもらわないと。見ましたよね？　聞きましたよね？　疱瘡神の始祖《オリジン》がとんでもないことをして、江戸川町というより、あやかし自体がかなり危険な状態なんですよ？」

「でも七木田さんだって『毘沙門天を背負ってる』こと、天邪鬼のクォーターである新見先生に告白するの、ためらったでしょ？　すっごく時間、かかりませんでした？」

この男、痛いところを突いてきたな。

そりゃあ確かにあたしも、先生にすべてを告白するのにエラく時間がかかりましたよ。

わかる――わかりますけど、今はちょっとそれとは状況が根本的に違うんです。

あやかしの存在自体が脅かされてるんです。

「すいませんが、そこをなんとか……その、彼女さんに」

みんなの目が点になったまま、フリーズしてるじゃないの。

八丈の指定した次の期限まで、あと1週間なんだよ？

「七木田さん。おれら、どうすればいいと思います？」

逆にそれ、こっちが聞きたいわ。

あたしたち、どうしたらいいと思う？

【第2章】アイソレーション

あやかしクリニックが週休3日だったのは、すでに過去の話。

「お大事にしてくださいね――」

水曜日を休診になんてできるはずもなく、土曜も午前中は外来を開けるようになった。働く人にとっては土曜日の受診ニーズは高く、そのうち午後も5時まで開けざるを得なくなるだろうし、休診日が実質的に日曜日だけになるのは目に見えている。

でも先生の方針で「予防接種《よせつ》と妊婦健診《にんけん》は未来への医療」という位置づけなので、そこを減らさず確保したまま現状に対応すると、必然的に開ける曜日を増やすしかない。

そういえば明日の予防接種、ひとりキャンセルが入ってたから1枠空けておかなきゃ。

「――えーっと、次は……川野辺《かわのべ》さんの会計が先か」

これでもし江戸川町以外――特に他県へふらふらと八丈に出て行かれたら、悪夢のようなパンデミックの再現になってしまうだろう。

あやかし系のクリニックは23区内ですら3つ増えただけで、いまだに地方ではあやかしさんが気軽に受診できる開業クリニックは少ない。

先生はまた夜間休日を問わず出張や往診に出かけなければならなくなるし、もちろんその負担は他県の数少ないあやかしドクターにも降りかかる。

だから八丈との交渉条件はひとつで、江戸川町から出て行かせないことだったのだ。

そういえば新潟の氷柱女房《つららにょうぼう》さん、長野の出張診療は続けてもらえそうかなぁ。

「はい。あやかしクリニック、受付担当の七木田です。あぁ、関根《せきね》さん――」

それでもこうして多くのあやかしお母さんたちから相談の電話がかかってくるのは、子どもたちの姿が元に戻らなくて困っているからで。

まさか雨も降っていないのに、雨ガッパで全身を隠して自転車に乗せるワケにもいかず。

できたとしても毎日それで通っていれば、逆に目立ってしまうのは間違いない。

「――そうですよね。ただの扁桃腺炎で、1週間もお仕事を休めないですよね。でも、先生が言うには」

鍵と鍵穴で説明された生薬ブロックの正確な仕組みはまだ分からないらしいけど、その経過だけはだいぶ分かるようになってきた。

謎の物質はずっと鍵穴を塞いでいることはできず、ゆっくりだけど外れていくらしい。

退院した三好さんもアマビエ准教授からそう説明され、入院して6日目になぜか生薬が効くようになり、それと同時にヒトの医薬品も今まで通りに効いたと教えてくれた。

そういえば柴山さんのとこの孝くん、芝天の姿が消えるまで1週間かかったからなぁ。

「あ……」

電話対応を終えると、受付用の端末ではもうすでに4人が診療済みになっている。

このあとも薬局で時間がかかるのだから、できるだけ早く家に帰れるよう——。

「す、すいません！　この子、急に吐いちゃって！」

まぁ、こういうのは日常茶飯事なわけで。

体調が悪くて病院に来ているのだから気にしなくてもいいのに、多くのお母さんたちは申し訳ない気持ちを通り越して、パニック気味になってしまう。

「あ、そのままでいいですよ。いま行きま」

「亜月様。わたくしが対処いたしますので」

忍者かというぐらい、気配を消して忍び寄った八田さんが後ろに立っていた。

さっきまで患者さんの問診を取っていてくれたはずだけど、いつの間に。

「でも、八田さん」

「今日は残念ながら宇野女様のご都合が取れず、人員的には一欠《いちけつ》。看護助手の仕事は、すべてわたくしが承ります」

「じゃあ、お願いしますね。あたしは受付を」

「ちーっす、亜月ちゃんパイセン！」

「は……？」

続いて受付のカウンターに入って来たのは、相変わらずホスト姿のタケル理事長。

でもその胸ポケットに刺さっていたのは、源氏名の名札ではなく「受付」の文字。

「パイセン。受付は新人の『タケル』が交代しまーす」

「……なに言っちゃってんですか？　珍しく酔ってます？」

「実はオレ、最近ちょっと医療事務の講習を受けちゃっててさァ」

「ハァ？　なんでですか？」

そのテヘペロな顔は、なんの返事にもなっていませんよ。

うしろのアイツも「今どき『テヘペロ』するヤツいるか」って言ってませんでした？

「まだほんのちょっとだけな、ちょっとだけよ？　カトちゃん、ぺ」

「言ってることが全然わからないんですけど……とりあえず、なんであたしが交代を」

勝手にあたしのイスに座ってしまった理事長は袖をまくり、一転して真顔になった。

「テンゴが呼んでる」

「えっ？　なんだろう……」

「行ってみりゃ、わかるっしょ。おっと、へいらっしゃーい！」

ヤメてくださいよ、入って来た患者さんがフリーズしてるじゃないですか。

社保《しゃほ》とか生保《せいほ》とか、公害認定とか特《と》定疾《く》患療養管《し》理料《つ》とか、大丈夫なんですか？

そう思いながらも先生が呼んでいるということは、それなりの理由があるはず。

珍しく診察室で、なにかトラブルでもあったのかな。

それとも注射薬か吸入薬の欠品かな、酒精綿《しゅせいめん》かな舌圧子かな。

おかしいな、昨日ちゃんと滅菌器《オートクレーブ》にかけて補充しておいたはずなんだけど。

「失礼します。先生、呼ばれました？」

患者さんの診察が済むのを待って、裏から診察室に入ると。

バチバチ打っていたキーボードの手をさらに速め、先生は患者さんのカルテ記載と処方を、もの凄い勢いで終わらせようとしていた。

「十分な時間が取れなくて申し訳ないのだが、ちょっとそこのベッドにでも座って」

「え？　あっ、はい……」

そしてバチーンとリターンキーを叩くと、あたしの方にイスを回して向き直った。

「これを、飲んでもらえるだろうか」

机の引き出しから取り出されたのは、銀色のシートから小さく切り離された錠剤。

あたしになにか薬を飲ませようとする先生の意図が、ぜんぜんわからなかった。

「……あたし、別に体調悪くないですよ？　喉頭炎なんて、とっくに治りましたし」

「あぁ。それは、そうだと思う」

「だいたいそれ、なんのお薬なんですか？」

「ロフラゼプ酸エチル錠」

そう言ったまま、じっとあたしを見つめている。

まぁ、先生がそこまで真顔で言うなら飲みますけど——って、えっ!?

「先生、そのお薬って」

ジャンル的には抗不安薬で「あれをしなきゃ、これもしなきゃ」と頭がグルグル回っているうちに、次第に「ああなったらどうしよう」「こうしてればよかった」と、タラレバなことまで不安になってくるのを落ち着かせてくれるヤツ。

さすがにその薬効ぐらいは、あたしでも知っている。

「アヅキは今、おそらくワーキング・メモリがパンクしている」

ワーキング・メモリって、たしか同時処理能力のことですよね。

作業や思考を同時に処理できる数って、人によって様々なんでしたっけ?

ひょうたん小僧の時には先生もパンクしたのを覚えていますし、その数を超えてムリに処理しようとすると、やろうと思っていたことが押し出されて忘れちゃうんですよね。

「えっ、ていうことは……あたし、なにか……ミスりました?」

「大したことではないのだが……送られてくる患者の電子カルテが、自費診療と保険診療を間違っていて」

「うぇあ——ッ!? それ、大間違いじゃないですか! うっそ、あれ? 会計は!?」

「まぁ、俺の方で切り替えていたのだが……どうも、その数が増える一方なので」

「恥《は》ずっ！　なにそれ、耐えられないんですけど！　先生、ほかには⁉　あたし絶対ほかにもやってる、やらかしてますよね！」

「アヅキ。イージーに、イージーに」

「す、すいません……つい」

「俺を信じて、まずはこれを飲んでもらえないだろうか」

先生がいつも診察しながら飲んでいる「生茶」のペットボトルと一緒に、ロフラゼプ酸エチル錠を手渡された。

結局、自費と保険のカルテ取り違え以外は教えてくれないけど。

たぶん絶対、なにか酷いミスをやらかしちゃっているに違いない。

「あたし、なにやってんのよ……この忙しい時に」

「本当にすまない」

「なんで先生が謝るんですか。ミスしたのは、あたしで」

「もっと早く気づいてやるべき——いや、仙北さんのところへ会議に出かけた時には、すでにそのサインが出ていたというのに……俺というヤツは、本当にアヅキのことを見ていると言えるのだろうか……アヅキの主治医と名乗って、いいのだろうか……」

「……せ、先生？」

大きなため息をついて、先生が視線を落とす。

「アヅキは無意識のうちに、色々なことを考えながら受付の業務と医療事務の業務をしてくれている。患者のこと、患者の家庭のこと、クリニックの備品管理から予約枠の管理、果ては他県への出張に関することまで……それなのに、俺はアヅキだけのことですら」

「ちょ、待ってくださいよ。あたしだって、もうこのクリニックの一員なんですよ？」

「もちろんそうだ。しかし、立て続けにこの疱瘡神の騒ぎだ。俺が許せないのは……俺が大丈夫だからといって、なぜアヅキも大丈夫だと思い込んでしまったのか……俺は、どうにも自分が情けない」

「先生、それは違いますって」

「いや。現にこうして、アヅキのワーキング・メモリをパンクさせてしまった」

「だから、それはあたしのワーキング・メモリの数が問題で」

「その、呼んでおいてすまないのだが……少し患者を待たせてしまったので」

「あっ、すいません！　あたしもすぐ、受付に戻って」

「それを飲んだら、午後の予防接種まで下がっていて欲しい」

「え……」

「おそらく1～2時間ぐらいで、薬効が体感できるはずだ。それまで、外来は八田さんとタケルと俺で回す」

「……それって、あたしが役に立たないってことですか？」

「な——ッ、違う！」

不意に出てしまった自分の声に、先生自身が驚いているようだった。

でもあたし的には心配されたというより、やっぱり役立たずと言われたような気がした。

「それは断じて違う。そのことについては、十分な説明をしたいのだが……今は」

「すいません、お忙しいですもんね」

なんかこの言い方、先生に八つ当たりしてるみたいでイヤだな。

今そんな話をする時間が取れるワケないの、わかってるじゃない。

あーヤダヤダ、自己嫌悪の積み木がどんどん高くなっていくわ。

ちょっと頭を冷やすためにも、これを飲んで奥に引っ込んでた方がいいかも。

でもなぁ、それで外来はちゃんと回るのかなぁ。

「診療を再開します。高木《たかぎ》さん——」

診察室をあとにして受付のカウンターを見ると、タケル理事長がバーテンダーのような笑顔で患者さんと接していた。

保険請求の処理はどうか分からないけど、患者さんへの対応はあたしより上手いかも。

とっくに床清掃を終えた八田さんも、患者さんにひざまずいて問診を取っている。

仕事はテキパキと早いし、あの全力執事な感じで穏やかに話しかけられたら、患者さんたちもコンシェルジュが付いたみたいで、絶対あたしがやるより気分がいいよね。

「あー、ヤダヤダ」

この負の感情がループするのって、なんとかならないのかな。

まぁ、だからこそ先生がロフラゼプ酸エチル錠をくれたわけで。

ともかく先生の言うことを聞いて、取りあえずキッチンでお薬を飲んだ。

ついでに冷凍庫にストックされている、テンゴ先生手作りのブルーベリージャム入りフィナンシェを電子レンジへ入れて「あたためスタート」プッシュ。

ちょっと糖分、足りてなかったかも。

いやぁ、そういう問題じゃないよねアレは。

「なにしてよっかなぁ……みんなのお昼ご飯でも、作ってみようかなぁ……でもなぁ、テンゴ先生に作ってたお弁当以外、まともに作れるものもないしなぁ……」

さらに負の感情を高く積み重ねていると、いきなりスマホが振動した。

非常に珍しいことに、ホワイトハッカー翔人さんからのメッセージ——もちろんセキュリティの関係だかで、見たこともないアプリからの通知だ。

『dg（4＾37td，Zs0¥hkeyt」0』

「相変わらず暗号だし……」

さらにそれを専用のアプリで解読してみると「至急、あやかしネットワークのインカムを」というメッセージだった。

「……インカム？」

夏蓮さんが出産する時に、あやかしなんちゃら部隊で使ったヤツかもしれない。

部屋に戻って、引き出しにしまい込んだ耳栓のようなインカムを取り出して付けると。

久しぶりに翔人さんの声を生で聞いた——といっても、いまだに姿を見たことがない。

そもそも連絡してくること自体が希だし、いつも文字連絡だけだし。

「お久しぶりです、翔人さん。どうしたんですか？」

『今、ヒマだろ？　Ｔｗｉｔｔｅｒを開いて』

「ヒマですけど……またどこかで、あたしを見てるんですか？」

なんでしたっけ、世界はすでに全てがワイヤードでしたっけ？

診療時間の真っ最中に連絡してくるぐらいだから、どうせあたしが勤務から外れたのを
何かで見ていたんでしょうよ。

『いいから、開いてくれ。マズいことになっている』

「Ｔｗｉｔｔｅｒは、あんまり見ないんですよね……」

なんていうんですかね、よく話に出て来る「炎上」ってヤツ？

そういうのを知りたくないから、あまり開かないようにしてるんですけど。

『日本のトレンド、見て』

「……見ました」

『よく見ろ「#アマビエ捕獲」というタグが、バズっているだろう』

「あー、お守りとして流行りましたよね」

『そんな生ぬるいものではない。まずタグを追え』

「はいはい。見れば——いッ⁉」

タッチすると、それを話題にしたツイートがズラズラッと表示されたものの。

いきなり貼られていた画像を見て、一瞬どうしていいか分からなくなった。


『撮られたぞ』


お母さんに手を繋がれて、全身を雨ガッパで隠してはいるけど。

マスクをはずした一瞬だろうか、目元から口元までがハッキリとわかる写真。

それは間違いなく「アマビエ」の子どもだった。

何気ない通勤風景をツイートした画像の背後に、あやかし保育園へ行く途中の子どもが運悪く写り込んでしまったのだ。

「ちょ——これ、ギリギリ見えちゃってませんか⁉」

『そのタグ、もっとスクロールしてみろ』

同じ画像がリツイートやパクリの形で、つらつらと並んでいる。
そのコメントは様々で、９割はネタに乗った感じのテキトーなもの。
【子どもにアマビエのコスプレw　バカ親まっしぐらw　#アマビエ捕獲】
【そんなに感染が怖いなら自分が着ろ　#アマビエ捕獲】
【どこで売ってんの？　自作？　#アマビエ捕獲】
【次のコミケで増える予感しかない　#アマビエ捕獲】
でもすぐに、なぜ翔人さんが急いで連絡してきたか分かってきた。
残り1割ぐらいは、その子をアップにして切り取った画像が拡散していたのだ。
【これコスか？　皮膚病じゃね？　#アマビエ捕獲】
【晴れているのになぜカッパを着せているのか、謎は深まる　#アマビエ捕獲】
【本物？　クチバシ出てる気がするのは気のせい？　#アマビエ捕獲】
「ヤバい、ヤバいって！　これ、江戸川町駅へ向かう途中のコンビニの前でしょ⁉」
その背景を見て、すぐにピンときた。
信号を渡って巨大UR団地をまっすぐ来れば、あやかし保育園がある。
きっとこの親子は、登園前に写ってしまったのだ。
『特定班も出始めている』
「……なんですか、それ」

『画像1枚を様々な要素で検討して、その場所を特定するヤツらのことだ。スマホの解像度が上がりすぎた弊害だな』

さらにスクロールしてみて、ゾッとした。

【これ江戸川町5丁目。電信柱の番号からわかるでしょ。　#アマビエ捕獲】

【端に写ってるのは団地の駐輪場　#アマビエ捕獲　#江戸川町】

【自称特定班がアマビエの生息地を特定　#アマビエ捕獲　#江戸川町】

【道路標識と信号機に貼ってある番号から確定　#アマビエ捕獲　#江戸川町】

【江戸川町駅東口を出て北に折れた団地の十字路にあるコンビニ　#アマビエ捕獲】

【普通に毎朝そこを通って通勤してるんだが　#アマビエ捕獲　#江戸川町】

【グーグルさんのマップを見るだけで解決　#アマビエ捕獲】

【江戸川町のアマビエがついに感染拡大を終わらせる　#アマビエ捕獲　#江戸川町】

ネットの世界はとても便利だけど、とても恐ろしい。

行く先々で映える写真を撮ってアップしていた有名人が住所を特定され、やがて待ち伏せされてストーカーに発展した事件を思い出す。

「……どうしよう、江戸川町までバレてる」

『Ｔｗｉｔｔｅｒ民のトレンドは、早ければ30分から1時間で流れて行く。Ｔｗｉｔｔｅｒのシステム障害を起こして、その間に気づかれないスピードで削除しながら「センシテイブな内容」でも排除する。そのあとは害のないニュースをバズらせ、ランキングを落とすから安心しろ。アフィリエイト目的の「まとめサイト」も「404」を出して読めなくするか、bot《ボット》の接続で「読まれてる風」にしておく。魚拓も心配するな』

言ってる意味は全然わからないけど、たぶんデジタル関連は大丈夫な気がする。

なにせ、大手町から江戸川町までの信号機を制御した実績があるのだから。

「あ、ありがとうございます」

『アマビエの親子にも連絡済みだ。それより、物理的にやって欲しいことがある』

「物理的、ってことは……あたしに？」

『新見は診療に集中させたいし、他のメンツはこの対処で出払っている。ヒマだろ？』

「えぇ、まぁ……午後の予防接種から出ればいいって、言われてますけど」

たぶん翔人さん、いつもこんな口調だから悪気はないと思うんだけど。

事実をオブラートに包まず言われると、わりと刺さるんですよ？

『この画像。おそらく「特定される要素」を、わざと写り込ませて撮ってある。疱瘡神の八丈が第2段階の宣言をしてから、あまりにもタイミングが良すぎる』

「じゃあ、これって……」

『元ツイートは八丈で間違いなさそうだが……スマホのGPSも切っているし、接続したWi-Fiの位置情報も通信基地局も、なぜか特定ができない。写真を撮られた周辺の防犯カメラは死角が多くてすべてを把握できないので、現場を確認して来て欲しい』

「あのあたりに、まだ八丈がいるかも……って、ことですか」

『あるいは、呼んでいるのか』

「……罠、ですかね」

『それに、写真でも撮ろうと興味本位で人が集まっていると困るからな』

「それ、ありそうだからイヤですね」

『こちらが姿を現すことで、ある程度はヤツへの抑止力になるかもしれないし、なにか新しいヒントを得られるかもしれない。それに、あやかしがヤツと接触すると』

「そっか。あたしなら何かに感染しても、テンゴ先生の治療で治るんだった」

『もちろん身の安全を保証するため、すでにあやかし治安維持部隊《パラミリタリー》は配置した』

「……穏やかじゃない響きなんですけど」

『それは許可してくれ。でないと、あとで新見と八田にこっぴどく怒られてしまう』

ロフラゼプ酸エチルが効いてきたのか、だいぶ冷静に物事が考えられるようになった。

今は、やれる人がやれる事をやるべき時。

もちろん、午後の予防接種までには帰って来ますけど。

「わかりました。ちょっと、様子を見に行ってきます」

冷蔵庫からポカリスエットを出してグイッとひと飲みして、持ち運びポーチに入れる。

森永のｉｎゼリーをブシュッと握って10秒チャージしたあと、氷砂糖で追い糖分。

少なくとも、これで正しい判断力を失う危険性は減ったはずだ。

『しかし……本当にヤツは、１３００年も石像に封じ込められていたのか？』

準備を終えて出かける直前、翔人さんは不安そうな声でつぶやいた。

発掘された石像に封印されていたのは間違いないのに、なにを心配しているのだろう。

「なんで、そう思うんですか？」

『なぜヤツは、これほど現代のデバイスとメディアを使いこなせる？　なぜ接続の足跡を消すことすら知っている？』

「それは……」

スマホの機能とアプリを使いこなせていないあたしには、答えることができなかった。

▽　▽　▽

翔人さんから連絡をもらった後。

みんなに知られないよう、こっそりとクリニックの裏口から出た。

あたしは、あたしにできること——いや、あたしにしかできないことをやる。

もし先生や八田さんが何かに感染したら、それこそ大ダメージだ。

「あっ、花子《はなこ》先生？　ちょっと、いいですか」

あやかし保育園の園庭にさしかかった時、花子先生にもＴｗｉｔｔｅｒのことを伝えた。

登園やお迎えの時には最大限の注意を払わなければならないことを、浅茅園長先生からも保護者の方々に伝えてもらうようお願いしておかないと。

「わ、わかりました……まさか、そんなことになってるなんて……」

「とりあえずは、大丈夫みたいです。前に保育園の知育ダンスを一般公開した時にもお世話になった、鎌鼬の翔人さんが何とかしてくれてるので」

そして巨大ＵＲ団地を過ぎれば、あのコンビニのある交差点がここからでも見える。

そこから先はどの辺りを捜せばいいか、翔人さんに確認が必要だろうけど。

少なくともここから見える範囲には何の変化もないようで、間違っても「アマビエ捜し」に人が集まっている様子はない。

強いて言えば手前にある団地の小さな公園で、ベビーカーを押したママ友たちが集まって立ち話をしているぐらいだ。

「なッ――」

いや、違う。

いつもは誰も座っていないベンチに、今日はひとりの男が座っていた。

それを中心に半円を描いて、お母さんたちとベビーカー、そして子どもたちが、興味津々に男のやることに注目しているのだ。

「——八丈！」

やはりあの画像をアップしたのは、罠だったのだろうか。

黒いスーツに黒いハットという、いかにも大道芸人らしい姿。

髪は後ろで1本に束ねただけなのに、妙な清潔感を演出している。

このあたりに気を使って警戒心を解くとは、悪知恵が働くというか、姑息というか。

でもあたしの声に気づいて、肩越しに振り返ったのは八丈だけ。

しかもすぐにバルーンアート作りに戻り、集まった子どもたちにまた配り始めていた。

「ちょっと、待ち——」

その輪に飛び込んですぐにでも触れあいを止めさせたかったけど、それはできなかった。

だって集まっているお母さんたちは全員、輪郭の光っていない普通の人たち。

もちろん子どもたちも、あやかしのハーフやクォーターではない。

そんなところへ急に割って入って「密です、離れて、マスクして」と叫べば、間違いなく変女《へんじょ》のレッテルを貼られた挙げ句、ヘタをすれば通報されてしまう。

それを八丈は、十分に理解しているのだろう。

イラ立つほど余裕の顔で、リクエストに応えながらバルーンアートを作り続けていた。

「翔人さん、聞こえますか!?　これ、どうすればいいですか！」

『見えている。そっちはどうだ、マイキー』
えっ、マイキーって八田さんの息子の？
ちょっと、あの黒いフル装備で現れるのはヤメてよ？
『配置についた《イン・ポジション》』
『ダニー、そっちは？』
あーっ、護衛ってやっぱりＭ＆Ｄ兄弟だったんだ。
お願いだから、人前には出て来ないでね。
『配置についた《イン・ポジション》』
『了解《コピー》。fire《ファイヤ》, fire《ファイヤ》, fire《ファイヤ》』
インカム越しに翔人さんがそう告げると、八丈の手元でバルーンアートが破裂した。
わっ、と一瞬だけ子どもたちは驚いたけど。
八丈は周囲を見渡して、細長い風船をもう一度ふくらませ始めて——また、破裂した。
「ちょ——翔人さん!?　あのふたり、銃で撃ってないでしょうね!?」
『まさか』
「……やっちゃダメな方法じゃないでしょうね」
『さぁね、彼らは色々と治外法権。そもそも、あやかし自体が理《ことわり》の外だ』
さすがに八丈もそれ以上のパフォーマンスは諦めたらしく「これにて終了です」と言わ

んばかりに、ハットを脱いでお辞儀をしていた。

それを合図にママ友たちも解散してくれたので、ようやく近づくことができたものの。

誰もいなくなるといつもの横柄な八丈に戻り、タバコに火を付けて大きくふかした。

「八丈。どういうつもり？」

「あ？　アンタんとこの天邪鬼が、この町から出るなって条件を出したんだろうが」

「あの子たちには普通のカゼでも、それがこの団地に住むあやかしの子たちに感染したらどうなるかぐらい、わかってやってるんでしょ？」

「あー、そういうのを『クラスター』って言うんだっけ？　それ、勉強したばっかだわ」

「ふざけないで」

「ふざけてんのは、そっちだろ。広目天は出て来たのかよ」

半眼で睨みつけながら、八丈の声色が変わった。

燻らせたタバコの煙が、荒い語気に散らされていく。

「それは……」

「人が黙ってりゃ、チンタラしやがって。こうでもしなきゃあ、動きもしねぇ」

それを言われると、なにも言い返せなくなってしまう。

まだ2日とはいえ、富広からは何の連絡も返って来ないのだ。

「……だから今、彼氏の富広が広島に戻って」

「オマエら、マジで尻に火が付かないと何もやらねぇクズだよな」

「ハァ？　なんであんたに、そこまで言われなきゃ」

「明日と他人に期待するのは、能なしのクズがやることだ」

「だからって！　あんな画像をツイッターに流して、許されると思ってんの!?」

「うるせぇよ。また妙なタグがバズるぞ？」

「他にも画像を持ってるの!?」

「電波で『噂』が『感染拡大』するなんざ、いい時代になったモンだよなぁ。こういうのは『電波感染』とでも言えば――」

手にしていたスマホを何度かフリックして、八丈が首をかしげた。

電源でも切れたのか、その画面は真っ黒のままだ。

「――おいおい。次は、電磁パルス《EMP》か？　オマエら、マジでイカレてんな」

たぶんこれも、翔人さんかM＆D兄弟の仕業だろう。

八丈は呆れ顔で、なぜか使えなくなったスマホを地面に投げ捨てた。

「ともかく。二度と、こんなことはさせないから」

「させない、許さない、そればっかだな。だいたいアンタ、なにやってんだ？」

「わかんない？　あんたの罠にハマってあげて、様子を見に」

「そんなことを聞いてんじゃねぇだろ。お忙しい病院の医療事務サンが、なんでこんな時間にブラブラとお外を散歩できるんだって意味だ。これなら分かるか？」

「……そ、それは」

こいつの言いたいことは想像がつく。

だからこそ余計にハラが立ったものの、言い返す言葉が見つからない。

あたしは今、あやかしクリニックにとって――。

「どうだ、毘沙門天の姉ちゃん。居ても居なくてもいい存在に成り下がった気分は」

八丈という男は、相手を煽るのが本当に上手《うま》い。

しかもそれは、会う度に上達しているような気がする。

もしロフラゼプ酸エチルを飲んでいなかったら、ちょっとしたパニックというか、ヒステリックな反応をしていたかもしれない。

「……あたしには、あたしにしかできないことがあるから」

「ねぇよ。誰もがそう思いたがるんだが、実際はない。特例もなけりゃ、例外もない」

「なんであんたに、そんなこと言われなきゃなんないのよ……」

「は？　オレだから教えてやれるんだろ？　かつて人間から勝手に崇め奉られ、もてはやされて敬われ。しばらくして娑婆に出てみりゃ、その存在すら忘れ去られてた」

「あたしは……あんたとは、ぜんぜん違うから」

「なにも違わねぇな。主人公からいきなりモブどころか背景になったオレと同様、もうあのクリニックにアンタの居場所はない」

その瞬間、空気を裂くような鈍い音があたしをかすめてヒュヒュンッと走り。

八丈の胸元から、煙のような霧がいくつも揺らぎ出た。

「えっ……？」

インカムから、翔人さんの叫び声が響く。

『Cease fire!《撃つな》 Cease fire!《撃つな》』

『うるせぇ、電波諜報《SIGINT》ヤロウ！　ここまで亜月様をバカにされて黙ってるほど、オレたちスクワッド・オブ・プリンセス《SOP》は——がふぁッ』

『Ah《ああ》……ショウト、その……すまない、こいつ……アレ、なんで』

『よく今まで、二人一組《ツーマン・セル》でやってこれたものだな』

『So《ソウ》……これさえ、なければ……Sorry《ソウリー》』

『まぁ、こちらの気持ちを代弁してくれたんだ。八田には報告しないでやってくれ』

『Thanks《サンクス》、ショウト』

見えない向こう側でなにが起こっていたのか、なんとなく想像はできたけど。

肝心の八丈は霧の揺らぐ胸元を、なにごともなかったように軽く手で払っただけ。

他はなんの変わりもなく、そこに座り続けている。

「現代の武器は効かないと言ったはずだが……ったく、姿が見えねぇと何してもいいと思ってるだろ。やってらんねぇわ」

そう言って立ち上がり、軽く背伸びをする余裕まであった。

「ちょっと、どこへ行くつもりよ」

「毘沙門天の姉ちゃんさぁ。人に聞く前に自分で考えるってこと、しねぇの？」

「八丈……あんたもしかして、他に協力者がいるんじゃやない？」

「は？　ツルむのは趣味じゃねぇし」

「じゃあなんで１３００年も封じ込められてたのに、そんなに『今の時代』のことを理解してるわけ？　スマホの使い方だって、誰かに教えてもらったんでしょ？」

八丈が腹を抱えて笑うところを、初めて見たかもしれない。

それは苦笑でも嘲笑でもない、堪《こら》えきれない込み上げてくる笑いのようだった。

「これだから――くくっ――人間サマってヤツは――ははは っ！」

「な、何がおかしいの！　図星なんでしょ!?」

「ウィルスや細菌の進化スピードに比べたら、人間の進化スピードなんて止まってるようなモンなんだよ。文化だか文明だか知らねぇが、この程度を理解吸収できない人間サマの方がどうかしてるっての。まぁその証拠に抗生剤や抗ウィルス薬なんて、三輪車に乗った幼児にも抜かれるレベルの開発速度だからなぁ」

悔しいけど、それは事実だ。

かぜ薬なんて、完成したらノーベル賞ものだとさえ言われている。

「ともかく、オレの条件は変わってない。オマエらが早く広目天を連れて来れるよう、尻に火を付け続けてやるから覚悟しておけ」

捨て台詞を残して背を向けた八丈は、また中指を立てて高々と腕を突き上げた。

そんな姿を見ながら、今のあたしにできることは何もない。

それが無性に悔しくて、情けなくてならなかった。

▽▽▽

その日の診療が終わってから。

夕食の終わったキッチンのテーブルでは、恒例の現状報告と対策の会議が開かれていた。

絶対お風呂に入ってからでないとイヤだとゴネた、ハルジくんを待ち。

いつ現れるかわからない八丈に対する「護衛」という名目で、キッチンの入口には真っ黒フル装備のM&D兄弟の「どちらか」が立っている。

だいたい二人一組で行動しているのに今日はひとりということは、やっぱりあの団地でのことを怒られたのかもしれない。

そしていつものようにパソコン用モニターがテーブルに運ばれてきて、最近では当たり前になったテレビ会議が始まった。

「では今日も、現状と対策についてだが――」

テンゴ先生の無造作サラサラヘアーに変わりはなく、メガネ越しのクールな視線に疲れの色は感じられない。

それどころか、あたしの隣に座ろうとしたハルジくんと、席取りでモメるぐらい元気だ。

ほとんど座ることなく待合室の中を行き来していた八田さんも、外来の助手業務が終わればシームレスに執事へ移行して、みんなにコーヒーを淹《い》れている。

タケル理事長は今から出勤するホストかというほど身なりに乱れもないし、ハルジくんもお風呂あがりのコーラを飲みながら疲れた様子はない。

みんな、とても80人以上の患者さんを診察した後とは思えない。

こういう時に、あやかしとヒトの決定的な差を感じてしまう。

「――その前に、団地の公園で八丈とコンタクト《接触》があったようだが。アヅキ」

隣のテンゴ先生の視線が、急に険しい物に変わった。

「は、はい」

「なぜ、そんな危険なことを」

「いや……予防接種《よせつ》までしたことがなかった時に、翔人さんから連絡が」

はぁっ、と大きく先生はため息をついて髪を軽くかき上げた。

「オレの寿命が縮まるので、二度とそういうことはしないで欲しい」

「で、でも……八田さんの息子さんふたりが護衛に付いてくれてましたし、教えてくれた翔人さんも悪くないですから」

冷凍庫のストックが減っているのに気づいた八田さんは、作りたてでオレンジのいい香りの漂うマフィンを運んでくれながら、申し訳なさそうに嘆いた。

「うちのバカ息子のひとりが、亜月様を照準《サイト》に入れながら危険な発砲を……それについては、わたくしの方からきつく叱っておきましたので、何卒ご容赦《ようしゃ》ください」

やっぱりあの時、なにかを八丈に向けて「撃った」んだね。

黙っておいてあげる約束だったのに、どこからかバレちゃったし。

「そんな、叱らないであげてくださいよ」

「いいえ。最重要護衛対象が照準内にある場合、誤射を避けるために指は引き金から外すという鉄則を破ったのですから……本来は不名誉除隊か独房行き」

「独房!? 待って、待って！　あのおかげで『人払い』もできたし、八丈のスマホも『破壊』することができたんですから！」

「亜月様はお優しすぎます……それがいつか仇《あだ》になるのではと、気が気ではありません」

それを聞いたタケル理事長が飲んでいたコーヒーを置いて、イスにもたれかかった。

「スマホなァ……まさか、あやかしの画像をネットに流すとはなァ」

「でも理事長。スマホは壊し――壊れちゃいましたから、大丈夫じゃないですか？」

「その辺はどうなのよ、翔人。拡散、止められた？」

リモコンのボタンをピッと押すと、テーブルに置かれていたモニターに電源が入った。

もしかすると翔人さんの姿が初めて見られるのかと思っていたけど、なんかニコニコ顔の著作権フリーっぽいアイコンが映し出されただけ。

ここまで姿を見せないと、すでに翔人さんには肉体がないのではないかと疑うほどだ。

『１時間後には、トレンドから完全に消した。まとめサイトもそれほど多くなかったし、ｂｏｔを疑っているヤツもいない。所詮、金儲けの業者か素人ばかりだからな』

「にしてもよ。亜月ちゃんを偵察に出したのは、どうかと思うゼ？」

珍しく、タケル理事長の顔も険しくなっていた。

だからみんな、そんなにあたしを過保護にしなくていいですから。

『……以後は必ず、新見か吉屋《よしや》の確認を取る』

「必ずだぞ。二度目はねェからな」

『了解《コピー》』

バスタオルで髪を拭きながら冷えたコーラを飲み干してしまったハルジくんは、露骨に不満そうな表情を浮かべていた。

「だいたいあのテキトー男が、さっさと広目天を引っ張り出さないからいけないんでしょ。

どうなってんの、あいつ広島に戻ってなにやってんの？」

　空のグラスに八田さんが氷とコーラを足していると、翔人さんの版権フリーアイコンが映っていたモニターは二分割になり、新しく開いたウィンドウの方は激しく揺れていた。

『あれ……これ、映ってんのかな』

　この声は広目天を背負う女医さんの彼氏で、顕現させるために広島へ戻った富広。テレビ会議形式で参加する予定なのだろうけど、映っているのは半裸の上半身。どうせバストアップしか映らないとはいえ、ちゃんとカメラのアングルを固定してから気を抜くべきだったと思う。

　思わずため息が出てしまったテンゴ先生の気持ちは、みんなに共通のものだろう。

「富広クン、富広クン？」

『えっ？　その声は新見さんですね？　これ、もう繋がってますか？』

「風呂あがりの上半身しか映っていないが、確実に映像も音声も繋がっている」

『えっ、マジですか⁉　あ……これ、おれの体だわ。ちょっと、ハラが出てきたかな』

ちゃんと腹筋も割れてるし大丈夫だから、早くその画角を直しなさいって。

「なんでパンツしかはいてないのよ、気を抜くにもほどがあるでしょうよ。

「なんでもいいのだが……その、キミの彼女という人とは」

『千絵《ちえ》ですか？　久しぶりに会いましたけど、元気にしてました』

要らない要らない、彼女さんの近況とか要らないから。

お願いだから真剣みというか、ちょっとぐらいは危機感を共有してくれないかな。

広島《そっち》へ帰って2日目なの、残りは5日しかないの。

今日なんてTwitterにアマビエの画像を流されたんだから、濡れて乱れたオールバックを撫でてあげて、爽やかな笑顔を浮かべてる場合じゃないんだってば。

「それはなによりだが、肝心の広目天は現れそうだろうか」

『こっちへ戻って来た日は当直だったんで、会えなかったんですけどね。今日、久しぶりにメシ食いに行ったんですよ。おれ、お好み焼きが食べたくなっちゃって』

「いや……そういう詳細は、省いてもらっていいのだが」

『あ、はぁ……』

なんで不満そうなの。

なんであたしたちが、あんたの食べたお好み焼きの話を聞かなきゃならないの。

「参ったな……どうも彼は、苦手なタイプだ」

どうやって話を引き出そうか困っている先生に代わり、タケル理事長が話を進めた。

「富《とみ》ィよ」

『あ、吉屋理事長。こんばんは。そのスーツ、イケてますね。どこの』

「今日、八丈がネットにアマビエの子どもの画像を拡散した」

『いっ⁉　マジすか⁉　炎上してます⁉　トレンドで見かけませんでしたけど』

富広あんた、Ｔｗｉｔｔｅｒは見てたんだね。

まさかとは思うけど、ＹｏｕＴｕｂｅとか見てヒマをつぶしてなかったでしょうね。

「そっちはオレらで、なんとかしたんだけどよ。八丈は広目天を引き出すために、これからも別の手を使って、オレらの尻に火を付け続けるつもりらしいんだわ」

『ヤべぇスね』

あーこれ、実感してない顔だね。

よくわかってないけど、とりあえず謝ってる時の顔だわ。

だいたい現代社会にあやかしが広まったら、富単那だって他人事じゃ済まないんだよ？

「富ィ、おめぇ次第なんだから頼むよ。彼女が背中に広目天を背負ってるのは、間違いないんだろうな」

『それは、もう……昔から、それが問題でして』

「広目天って名前を出さないにしても、言ったか？　背中に何か背負ってるとか、守護霊がどうとか、そういう話をしたか？」

富広の視線が、露骨にカメラから逃げた。

つまりこの２日間、なんの進展もないまま過ごしていたということだ。

『……千絵、バリバリの理系なんですよね』

「そりゃ、そうだろうよ。医者なんだから」

『昔から「霊」とか「超常現象」とか、完全否定派なんです』

「富単那と付き合ってるのにか」

『だから、おれもそれで困ってるんですって。昔ちょっとだけそういう話になったことあるんですけど、そのあと1ヶ月ぐらいギスギスして、絶滅しそうになったんですから』

まぁ、あたしもテンゴ先生と別れ話になったら耐えられる自信はないね。

テンゴ先生の悪夢にダイヴして見た光景なんて、現実では絶対に体験したくないし。

「そうかァ？　テンゴが言ってたけどよ。医者ってわりと、病院なんかで幽霊とか視《み》るモンなんじゃねぇの？」

『全否定ですね。いつも、脳の認知機能がどうとかって言い始めますから。それなのに「あやかし」なんて言おうものなら、マジで別れ話に発展するのは確実ですよ』

「うーん……まァ百歩譲って、それはそれで仕方ねェとしてもだ」

『いやいや、仕方なくないですって！　おれ、千絵と別れるとか考えられませんって！』

「そっちも、めんどくせぇなぁ――」

タケル理事長、なんでテンゴ先生とあたしを見るんですか。

今まであたしたちのこと、わりとめんどくさい感じで呆れてたんですね？

「――けど、それなりにその手の話をチラつかせてもらわねェとよォ。日本中のあやかしがマジでやべェことになるのは、わかるだろ？　アンダスタン？」

『それぐらい、わかってますって。まじ、アンダスタン。シリアスにアンダスタン』

「……ホントかよ」

富広との会話が不毛すぎて、誰も言葉が出て来ないのだろう。

タケル理事長以外は、しーんと静まりかえっていた。

『逆におれ、七木田さんに聞きたいんですけど』

「えっ、あたし？」

『七木田さんの毘沙門天が顕現した時って、なにが引き金だったんですか？』

「あたしの時は、石垣島で百鬼夜行が始まって……その時たまたま、島の先生が増長天を背負ってて」

『それじゃないですか!?』

「な、なんですか急に」

謎は解けた、みたいなポーズをしている富広だけど。

なんか、イヤな予感がするなぁ。

『お互いに四天王を背負ってる七木田さんと千絵が接触すれば、その時みたいに広目天も出て来るんじゃないですかね!?』

「あたしが？　彼女さんのこと、ぜんぜん知らないんですよ？」

『石垣島の先生のことだって、知らなかったんですよね？』

「まぁ、そうですけど……」

『ちょっと、広島《こっち》に来てもらえませんかね』

「……ですよね、そういう話になりますよね」

「ダメだ」

ブチッと会話を切ったのは、テンゴ先生だった。

『なんでダメなんですか。過去にそういう事例があるなら、千絵も』

「俺はダメだと言っている」

まったく聞く耳を持たず、テンゴ先生は富広の提案に応じる気配はない。

その頑《かたくな》さに、さすがのタケル理事長も少し呆れ顔だった。

「どうしたよ、テンゴ。オレの受付と事務処理、そんなにヤベーか？」

「違うぞ、タケル。そうじゃない、そういうことを言っているのではなく」

「じゃあ、なんだよ」

みんなに見つめられて、珍しく先生が戸惑っている。

なんとなく顔が赤くなっているような気がするのは、怒っているからだろうか。

「アヅキは、俺——うちの大事な医療事務であり、江戸川町に住む大勢のあやかし患者のことをよく把握している、大事な俺——うちの受付だ。広島などそんな遠くにひとりで行かせては、そのあいだ俺――うちの外来がとても回らなくなってしまう。そのことが、今日の外来で非常によく理解できた」

先生の感情がダダ漏れてますね、ありがとうございます。

そう言ってもらえるのはすごく嬉しいですけど、わりと恥ずかしい方が強いです。

「テンゴさん、いい加減にしなよ。現状、他にいいアイデアがあるの？」

頭にバスタオルを巻いたまま、ハルジくんも2杯目のコーラを空にして呆れている。

「だから、そのために彼氏である富広クンが彼女を説得」

「できないから、この有様なんでしょ」

「しかし広島まで、新幹線で約4時間、羽田から飛行機で1時間半、高高度降下低高度開傘《HALO》で降りられる八田さんですら1時間もかかる距離だぞ？」

飛行機まではわかりますけど、なんですかその「八田さん」という移動手段は。

しかもなんですか、その聞いたこともない特殊な降り方は。

「いいや、距離は関係ないね。だいたい、前は石垣島まで研修に出したじゃん」

「あの頃は、俺がまだ」

「タケさんも言ってたけど、このままだとマジで日本中のあやかしの存在がヤバいって。今回は翔人さんが拡散を阻止できたけど、あいつ確実に『進化』してるじゃん。まさに『ウィルス』だよ。次に別の方法で攻撃されたら、防げる保証ある？」

「それは……」

「そんな時に個人的な感情であーちゃんを縛るなんて、大人げないにも程があるね」

「違うぞ、ハルジ。俺はアヅキを縛っているのではなく」

「縛ってるね。めっちゃウザい、拘束彼氏みたい」

そのあと先生は言葉に詰まってしまったけど、他にいいアイデアなんてあるはずない。

もちろん富広が彼女さんをなんとかしてくれれば、それに越したことはないけど。

次第にあたしは、富広を責められなくなっていた。

富単那だとカミングアウトするだけでも、めちゃくちゃ勇気がいるのはすごく理解できるし、もっと時間が欲しいのもわかる。

あたしがテンゴ先生に告げられたのは毘沙門天が顕現したあとのうえ、嵩生兄ちゃんの時にどうしようもなくなったからで、あれがなければまだ黙っていたかもしれない。

ましてや相手は、超常現象を完全否定しているバリキャリの理系女子《リケジョ》。

しかも使役関係にある、広目天と富単那。

さらには遠距離《えんれん》恋愛中という、デリケートな状況まで重なっている。

冷静になってみると、これを富広だけに押しつけるのは最初からムリがあったのかも。

「あたし、ちょっと広島まで行ってきます」

「エ……エ？」

隣でテンゴ先生はめちゃくちゃ動揺しているけど、タケル理事長は至って冷静で。

冷めた残りのコーヒーを飲み干して、席を立った。

「サンキュー、亜月ちゃん。受付のことは、オレがなんとかしてみるわ」

「患者さんのこと、お願いしますね」

「診療報酬の修正は、リモートで操作できるようにしておくからな。な？」

「はいはい、わかりました。向こうでも見ますから」

「……エ？　待て、タケル……エ？」

「テンゴさん、可能性の問題だよ。今は待ったなしの状況なんだから、成功する可能性がちょっとでも高い方法を採るべきでしょ」

「ハルジ……？」

「問題解決型のテンゴさんらしくないことを言って、ダダをこねるのはヤメなってば」

「ダダをこねるなど、俺は」

「こねてる、こねてる」

首にバスタオルをかけたまま、ハルジくんはさっさとモニターを片付け始めている。

画面がブチュンと消える直前の、安心しきった富広の顔が印象的だ。

「……おまえは、それでいいのか？」

「しばらく一緒にゲームできないけど、ネットがあれば別に同じでしょ」

「同じではなく、アヅキがいなくなるのだが？」

「は？　なに今生《こんじょう》の別れみたいなこと言ってんの？」

みんなの飲み物を片付けながら、シンクで背を向けたままの八田さんがつぶやいた。

「テンゴ院長先生。こちらの看護助手には、わたくしが領事館勤めの頃から信頼している武装メイドを手配いたします」

「……八田さんも、その方がいいと？」

「亜月様にはわたくしと共に、分隊をふたつ連れてまいりますのでご安心を」

謎ワードの「武装メイド」や、分隊ふたつで何人になるのか気になったけど。

サッとテーブルを拭き終わった八田さんは、いそいそとキッチンを出て行ってしまった。

テーブルに残されたのは、並んで座った先生とあたしだけ。

まるで「あとは、おふたりでどうぞ」と言われた気がしてならなかった。

「先生は、その……あたしが行っても、ムダだと思います？」

「……エ？　いや、ムダだと言っているのではなく」

「これって、あたしにしかできないことかもしれないじゃないですか」

受付や医療事務のことは、たぶん数日ぐらいは何とかなるのではないかと思う。

さっき確認したら病名付けは穴だらけだったけど、リモートでなんとでもなるし。

武装メイドさんがどんなあやかしさんか知らないけど、八田さんが昔から信頼を寄せている方なら、問診や外来の備品管理は大丈夫だと思う。

助産師の宇野女さんも、明後日には手伝いに来られると連絡があった。

「アヅキ……もしや、今日の午前中に勤務を外したことを」

「いや、まぁ……それも、ないワケじゃないんですけど」

「違うぞ。あれは、そういった意味ではなく」

「違うんです、先生。そうじゃなくて——」

すっかりノックダウンされたように、テンゴ先生がイスの背にもたれかかった。

先生、ホントそういうんじゃないんですって。

「——この町に住むあやかしさんたちには、このクリニックと先生が必要です」

「アヅキも必要だ」

「いえ。今回はちょっとそれとは違う形で、あたしが必要とされてるんじゃないかって」

「……俺が、アヅキを必要としているのだが」

ぽつりとつぶやいて、先生は視線を落とした。

先生ヤメてください、あたしも生き別れみたいな気分になってきたじゃないですか。

「あやかしさんたちを守るという意味では、その場所と役割が違うだけですよ」

テーブルのコーヒーカップを探したテンゴ先生は、八田さんが片付けてしまったことをすぐに思い出して手を引っ込めた。

だから先生、そんなに激しいショックを受けるようなことじゃないですってば。

「明日から、アヅキのいない毎日なのか……」

「いやいや、ほんの数日じゃないですか。長くて4日、もしかしたら彼女さんと会ってすぐ広目天が出てくれれば、明後日には帰って来られるんですよ？」

雨の中に捨てられてずぶ濡れになったネコのような目で、先生があたしを見ている。

今日の先生、なんでこんなに悲観的なの？

あたし何か、死亡フラグでも立てました？

「ともかく、明日から広島へ行ってきますので――」

そうと決まれば、急いで準備をしなければと立ち上がると。

不意に先生は、あたしの袖を摑んで引き止めた。

「すまない。つい……」

すぐにその手を放し、うつむいてしまう先生。

ちょっと、なんで今にも泣き出しそうな顔をしてるんですか！

それズルくないですか、庇護欲《ひごよく》をかき立てすぎじゃないですか⁉

「先生……？」

「その……一緒に映画でも、どうかと思い……」

「けど、明日の準備もありますし」

「いや、それは口実で――」

「え？」

「――今日は、その……俺の部屋で、朝まで一緒に過ごさないかと」

「……え、えっ⁉」

はっ、待って――それ、どういうこと⁉

朝まで映画を観る――ってことじゃないですよね⁉

「明日からアヅキがいなくなるかと思うと……少し、耐えられそうにないので」

不安と悲壮感の漂いまくった目で、テンゴ先生があたしを見あげている。

つまりこれは、そういう意味で間違いない。

ちょ――なんでノーガードの時に、不意打ちのストレートパンチを入れてくるかな。

もちろん、ぜんぜん断る理由はないですけどね⁉

むしろ待ってましたよ、この瞬間を！

「あ、あたしは別に……いい――でぁあッ⁉」

「エッ⁉」

あぁぁぁぁ――ッ、忘れてた！

なんてことよ、なんでこの絶好のタイミングで「2日目」なの！

今からホントに映画を観るとしても、観終わったら寝ますよね？

明日は広島に行くんだから、完徹とかせずに寝ますよね?

つまり、先生の部屋で一緒に寝るんですよね!?

起こり得る様々な状況を想定しても、ちょっとムリっていうか、ほぼムリじゃない!?

ぜったい寝ずに起きてる以外に方法がないとか、避けてるとしか思われないって!

「あぁぁぁのですね、き……今日は、その」

いやいや、カレカノなら正直に「2日目」なんでって言うべきじゃないかな。

別にこれってフツーのことだし、テンゴ先生ってドクターなんだし——。

待って、ムリムリ、ダメダメ——やっぱ言えない、ギブギブ!

「そうか……急に、済まなかった。どうかしているな、今日の俺は」

「いや、違うんです……申し訳ないのは、あたしの方で……」

思いっきり肩を落としたまま、先生は力なく立ち上がり。

黙って背を向けると、なにやら小声で自分に言い聞かせていた。

「……大丈夫、これは悪夢ではない……そう、これは悪夢ではないのだから」

そしてキッチンには、誰もいなくなり。

貴重な機会《チャンス》を失い続けている、間抜けなあたしだけが取り残されていた。

▽　▽　▽

ちょっと身体《からだ》を休めるという意味でも、と八田さんの提案で新幹線を勧められた。グリーン車は足も伸ばせるしリクライニングも深いしで、相変わらず快適だったけど。かなり贅沢に慣れてしまっているあたり、人としてどうかと思うところはある。

ただ広島までの距離をナメていたというか、知らなすぎたことは少し反省した。大阪からJR西日本に切り替わって、さらに1時間半というその距離は片道約4時間。お昼過ぎに東京駅を出たのに、着いたら夕方だった。

昨日は悶々として眠れなかったので大半は寝て過ごしたとはいえ、八田さんが持ち込んでくれた首巻きエア枕や携帯クッションがなければ、今ごろ体がバキバキだっただろう。

「……広島、遠かったですね」

「羽田から飛行機で約1時間半とは申しますが、広島空港は三原《みはら》市の山奥を切り開いた場所に移転されており、広島市内まで高速リムジンバスで1時間近くかかる距離にあります。飛行機の搭乗待ち時間や預け荷物の出待ちなども含めますと、東京駅から新幹線のグリーン車で広島駅まで直接乗りつけた方が楽かと」

「あー、成田から東京駅みたいな感じですか」

「左様で」

そんなに大きくないキャリーバッグなのに、わざわざ八田さんに持たれてしまい。

思ったより大きかった広島駅の南口を出て、まずはホテルへと向かった。

「あ、八田さん。あれ、有名な『ちんちん電車』じゃないですか？　乗り場ってやっぱり、駅の外にあるんですね」

「正式には、広島電鉄の路面電車と申します。厳島《いつくしま》神社のある宮島《みやじま》のフェリー乗り場まで、あれで市内を横断して行くのも旅情がございます」

今度はテンゴ先生と来て、一緒に乗ってみたいな。

もちろん泊まりで、絶対にあの日を外してね。

「広島、詳しいんですか？」

「妻が広島の出身でしたもので」

「あ、そうなんですか……」

「ずいぶんと様変わりいたしましたな。駅前のダイエーや雑多な市場もなくなりましたし、当時はMAZDA《マツダ》スタジアムやカープロードなどなく、まだ原爆ドームの向かいに『市民球場』としてあった時代。八丁堀《はっちょうぼり》の百貨店『福屋』や、県内に存在すらしなかったビックカメラが駅の南口にできるなど……想像もしませんでした」

確か八田さんの奥さんって、亡くなってるんだよね。

辛いこと、思い出させせちゃったかな。

「あたしたちがなにもしなくても、時代ってどんどん変わっているんですね」

「長く生きておりますと、実感せざるを得ませんな」

不意に、八丈のことを思い浮かべてしまった。

平安時代から1300年も封じ込められて、外に出てみたらこんな景色だったわけで。

挙げ句に自分の存在理由でもあった天然痘は撲滅され、その存在すらなくなっていた。

平仮名や片仮名がやっと登場して、枕草子だ鳥獣人物戯画だという文化だったはずなのに、気づけばビルに、車に、電車に、スマホ——。

そしてあやかしの存在自体が科学によって、辺境の地へと追いやられている。

改めてそう考えると、あの八丈の怒りは理不尽ではないような気にすらなってくる。

もちろん、だからといって好き放題やっていいってことにはならないのだけど。

イヤだなぁ、同情の余地がある悪者を相手にするのって。

「八田さんといると、広島観光には困りませんね」

「いえいえ。今度はぜひ、テンゴ院長先生とご一緒に」

「……ですね。もう二度と、チャンスを失いたくないですから」

「ほほっ。その意気ですぞ、亜月様」

そんな孫の誕生を待っているイケオジ感を前面に押し出した、八田さんに連れられ。

駅前の川にかかる大きな橋を渡ったら、すぐに予約していたホテルに着いてしまった。

「あの……わりと豪華なホテルなんですけど」

「ホテルセンチュリー21。駅から近く、広島の中心街である八丁堀や紙屋町《かみやちょう》まで路面電車ですぐですので、こちらを選びました」

ホテルチャペルとかウェディング・プランとか書いてあって、心が痛いんだけど。

なんなのこれ、八田さんからの無言の圧力なの？

レセプションで勝手に手続きを済ませてしまった八田さんからキーを渡され、エレベーターに乗りながら今後のスケジュールを教えてもらった。

「お部屋にはすでに、クリニックの受付機器《レセコン》と独自の回線で接続を済ませた端末をご用意しております。富広様とお約束のお時間まで、タケル理事長先生の受付業務のサポートをしていただくことも可能です」

「あー、例のリモートってやつですね。了解です、理事長の会計はザルですからね」

「早急のことでしたので、あいにく角部屋が確保できませんでした。わたくしどもは亜月様のお部屋の上下左右の4室を確保いたしておりますので、そちらで待機させていただきます。もちろんお部屋のセキュリティはチェック済みでございますが、なにかご入り用やご用命がございましたらインカムでご連絡を」

「え……なんで、上下左右？　わたくし『ども』って、あと何人います？」

「爆風は下から上の方向に威力を強く発揮しますし、天井からの侵入も考慮せねばなりません。窓際には防弾ガラスシールドも設置済みですが、1km《キロ》レベルの精度を持つ狙撃手でない限り、安全な方角に窓のあるお部屋を確保できましたのでご安心を」

あたしは爆殺されたり狙撃されたりする、要人じゃないんですけど。

まぁ八田さんの場合、実戦経験に基づいているようだから否定できないよね。

「じゃあ1階のロビーで、6時に待ち合わせますか」

「17時50分にご連絡を差し上げてから、お迎えにあがります。それまでお休みになるなり、端末でタケル理事長先生のサポートをされるなり」

「……じゃあ、それでお願いします」

「では、失礼いたします」

そう言って荷物を運び入れ、八田さんは一礼したらすぐに誰かへ指示を出していた。

だから、そんなに気を張らなくてもいいですってば。

「さてと……」

とりあえず靴を脱いで、スリッパに履き替え——ってこれ絶対ホテルに備え付けのヤツじゃないよね、やたらしっかりフワフワしてるもの。

加湿器をつけて——って、もう電源が入ってるし。

「……うーん。じゃあ、理事長のサポートでもするか」

鏡の付いた壁際のテーブルには、ホテルのテレビとは別にもう1台のモニターがあり。すでに電源は入れられ、画面には見慣れたクリニックの受付画面が映し出されている。おまけにカウンターの中に設置されたIPカメラ映像が右端に出ているので、受付前に立っている患者さんまで見えるようになっていた。

しかもこのキーボードとマウスはウチのと一緒だし、イスの背もたれはリクライニングできるし、至れり尽くせりで申し訳なくなってくる。

とりあえず今日の外来がどんな様子だったかを聞くため、コールセンターのようなマイク付きヘッドホンを装着してみた。

「タケル理事長、聞こえますか?」

『おーっ、亜月ちゃんパイセン! 着いたァ?』

「着きました。待ち合わせまで少し時間あるので、今日の診療報酬《レセ》を見直して」

『アヅキ、着いたのか』

いきなりテンゴ先生が、交信に割り込んできた。

これもインカムと同じように、全員が参加できるようになってるんだ。

「あ、先生。お疲れさまでーす」

『待てよ、テンゴ。オレのレセを確認してもらう方が先だから』

『広島は遠かったと思う。部屋は快適だろうか。加湿器はついているか?』

『てめ、さっさと診察を終わらせろってばよ』

「大丈夫ですよ、タケル理事長。午前の受診リストを開いて、確認してますから」

みんながやってたテレワークって、こんな感じだったのかな。

たぶんもっと不便だったと思うけど――なにこれタケル理事長、ポップアップ・ウィンドウに出て来る薬剤病名《レセプト》を、まったく付けずにそのままスルーしましたね？

これ、39人分つけるの大変だな――って、午前だけで39人!?

あっ、この人は自費カルテになってる！

お会計どうしたのよ、処方箋料は!?

『あっ！　あーちゃん!?』

「ハルジくん？　これ、薬局とも繋がってるんだ」

薬局、大丈夫だったかなぁ。

西尾《にしお》さん、先に謝っておきますけど色々とすいません。

『ちょっとタケさんに、疑義照会の処方箋直しを教えてよ！　すんごい時間がかかって、たまんないんだけど！』

『バカヤロウ！　処方箋はテンゴの仕事だろうよ！』

『テンゴさんに確認をとったら、タケさんが修正してプリントアウトし直すの！　でないと、テンゴさんの外来が止まるでしょ!?』

『……処方箋って、どのページよ。なにキーよ、なにクリックよ』

『あーちゃん、なんとかしてよ。朝から、ずっとこの調子なんだけど。初日からこれじゃあ、ストレスでじんま疹が出そうなんだけど』

「ハルジくんの気持ちはわかるけど、タケル理事長だって慣れないことをがんばってくれてるんだからさ」

『ほれみろ。オレは正しいじゃ——へい、らっしゃい！　おぅ、どうした今日は——って、ちょっと待ってくれな。先にこっちの会計を済ませるからよ』

「あ、理事長。会計はこっちからリモートでやりますよ」

『マジか!?　サンキュ。オレちょっと、奥でコーヒー飲んで来るわ』

「いやいや！　受付を離れちゃダメでしょ！　患者さん、動揺してるじゃないですか！」

『アヅキ。広島で食べるおやつなら「もみじ饅頭」よりも、にしき堂の「新・平家物語」の方が、アヅキの好みかもしれない』

「わ、わかりましたけど……テンゴ先生は、診察の方を進めてもらえれば」

『あーちゃん。八田さんにプレステ渡しておいたから、夜は一緒に出撃しようね』

「そんなものまで八田さんに持たせたの!?」

『ハァ？　約束したじゃん！　ボイスチャットもできるし、ＬＩＮＥを使えばビデオ通話だってできるんだからさ』

「せめて、小さいＳｗｉｔｃｈにしてあげればよかったのに」

『Ｓｗｉｔｃｈも渡しておいたよ？　「あつ森」のイベント、今日までだから行く？』

「……ここ、家《ウチ》じゃないんだからね」

キーボードをパチパチ、受付機器をリモート《レセコン》で操作しながら。

みんなの好き勝手な交信を聞いていると、なぜかホッとしてしまった。

実は八丈の言葉が、心に強く突き刺さったまま抜けずにいた。


――オレと同様、もうあのクリニックにアンタの居場所はない。


でもあたしには、ちゃんと居場所があったのだ。

些細なことしかできないかもしれないし、誰にでもできることかもしれない。

でも少なくとも江戸川町のあやかしクリニックは、あたしが居てもいい場所なのだ。

離れていてもそれを感じることができるなんて、あたしは幸せだと思う。

▽　▽　▽

八田さんに、ちょっとワガママを言って。

タクシーではなく路面電車で、八丁堀という広島の繁華街まで出かけさせてもらった。

横断歩道を渡り、車道の真ん中で長方形に小高くなった「停留所」にあがる。

まるで中央分離帯で電車を待っているような、不思議な感覚が楽しくて仕方ない。

都バスと違って後ろから勝手に乗り、運転席のある前から降りるのも目新しく。

市内は一律で大人190円、子ども100円。

降りる時に運賃箱に小銭を入れるか、ICカードをタッチするだけ。

車内は基本的に、都内の地下鉄構造といえばいいだろうか。

両側の窓際に横長シートが据え付けられ、あとはつり革が並んでいる。

当たり前だけど驚いたのは、窓の外では車が普通に並走しているし、路面電車自体も単線ではなく複線――つまり車道の真ん中にある敷石に、レールが4本あるのだ。

スピードも速くなく、停留所の間隔も短いので、夜の市内を遊覧しているようだった。

「ちょっと、楽しかったんですけど」

「左様ですか。それはよろしゅうございました」

「で、富広さんと彼女さんは？」

「それがでございますね……」

東急ハンズを過ぎた停留所で降り、ヨーロッパっぽいタイル敷きの路地を歩きながら。

八田さんの顔色が、少しずつ曇っていった。

「あれっ、今日はあたしたちと会って話をするんじゃなかったでしたっけ？」

「……富広様が申されるには『ラストチャンスをくれないか』と」

「え……それ、どういう意味ですか？」

「どうやら『女性である』亜月様を同伴されると、微妙な空気になりかねないと危惧しておられるようでして」

「あー、はいはい。なるほど、それは確かにあるかも。彼女——千絵さん、でしたっけ？とは、遠距離恋愛中でしたもんね。いきなり女連れは、確かに……うん」

「昨日の今日でなぜまた外食なのかと、すでに不穏な空気が漂っているのだとか」

「まぁ、うん……そんなに連日どうしたのよって感じが、しなくもないですけど……」

「しかも広島県民病院の小児科医長をされておられる方らしく、かなり多忙だとも」

「……八田さん。あたしたちって今日、なにすればいいんです？」

「とりあえず富広様には、小型マイクとカメラを付けさせていただきました」

「盗聴⁉　ていうか、あたしを広島に呼んだ理由はどこへ⁉」

タイル敷きの道を左に折れたら、わりとビルっぽい建物なのに「いかにも和食の老舗」みたいな暖簾《のれん》の出ているお店に、もう着いてしまった。

「ここ……釜飯？」

「いえ、広島の人間なら知らぬ者はいない『酔心《すいしん》』本店でございます。その昔はテレビC

Mでも『牡蠣《かき》とふぐ』を前面に押し出しておりましたが、今ではちょっとした接待や歓送迎会にも使われる、廣島《ひろしま》料理専門店でございます」

暖簾をくぐって店内に入ると、和食全押しで雰囲気満載の個室に八田さんと通された。

タケル理事長に、神楽坂の懐石に連れて行ってもらってて良かったわ。

「それでは、亜月様。こちらのインカムを」

「あ……やっぱ、盗聴ですもんね」

「小型ですが、モニターをこちらに置かせていただきます」

テーブルの端にiPadミニを立てて、電源オン。

なにやらアプリを立ち上げると、八田さんはインカムに指示を出した。

「こちら、プリンセス指揮所《PCP》。通信確認《レディオ・チェック》」

『SOP《ソップ》・U1《ユニットワン》、配置《イン・ポジション》についた』

『SOP《ソップ》・U2《ユニットツー》、配置《イン・ポジション》についた』

『了解《コピー》。全部隊《オール・ユニット》、待機《スタンバイ》』

なんですか、その和食屋さんに似合わないコールサインは。

だいたい八田さん、何人配置したんですか。

「あとは富広様が我々の受信範囲に入って来られれば、自然と——」

バサッ、と雑音が一瞬だけ耳を走り。

聞いたことのある声が、途切れながらもインカムから聞こえてきた。

「――どうやら定刻通り、千絵様をお連れすることはできたようですな」

どこに盗聴器を付けたのか、服の擦れる音がわりと大きいけど。

ｉＰａｄに映し出される映像はかなり鮮明で、入口から案内されているのがわかる。

『なんで「酔心」にしたん？』

『いやぁ。昨日はムリヤリ、おれの趣味でお好み焼きに連れてっちゃったからさ』

『今日も別にウチの意見なんか、聞いとらんじゃないね』

ふたりがわりと近くを歩いて行く音が聞こえたので、思わず声を殺してしまったけど。

そういう時に限って個室の引き戸が開けられ、料理が運ばれて来る。

ちょうどその時にあたしたちの個室の前を通った富広と、思わず目が合ってしまった。

申し訳ないね、富広。

ふたりで千絵さんの家に行かれたら、ちょっと盗聴がめんどくさくなるからさ。

『ち、千絵は他に何か食べたい物、あった？』

隣を歩く千絵さんの視線がこちらに向かないよう、必死の富広。

ただ、焦れば焦るだけ不自然さは増していく。

『は？　ウチの言うこと、聞いとった？　地方会の準備があるけぇ、バルみとうなチャチヤッと飲める所がええって言うたじゃろ？』

『あー、だよね。また演題、出すんだもんな』

千絵さんは呆れてそれには答えず、おそらくふたつ隣の個室へと入っていった。

「八田さん……この調子で富広さん、大丈夫ですかね」

「……なんとも」

個室の席について、富広のカメラがようやく千絵さんの顔を映し出した。

前髪は作っているものの、ギリギリ結べる程度の黒髪セミロングをなんとか後ろで1本にまとめているだけなのは、多忙で手入れがめんどくさくなった証拠だろうか。

最近の理系女子《リケジョ》には珍しい、黒縁メガネも目立つ。

学生さんの頃は、きっとモテたんじゃないかと思わせる面影は残っているものの、年齢を重ねたことと激務のせいか、目元からはちょっと厳しい印象を受けた。

モニターではバストアップしか確認できないけど、服は例に漏れず白系のゆるんとしたニットで、ボディラインを意識せずに済むシルエットなのは基本中の基本。

広く開いた首元にネックレスが光っていたのは唯一の救いだけど、他はピアスもリングもナシのノーアクセで、手前に見えるネイルは光沢だけの無色透明。

これはどう見ても遠距離恋愛で久々に会った彼氏とのデート服ではないけど、病院勤務からの直行なので仕方ないのかもしれない。

『なに飲む？　三次《みよし》のワイン、あるよ？』

『ウーロン茶』

あーっと、これは痛いカウンターが返って来ました。

お酒が飲めるのに、ソッコーで「ウーロン茶」はヤバいサインです。

それにしてもこの前菜のジュレ、美味《おい》しいな。

へー、瀬戸内の太刀魚《たちうお》の昆布締めが入ってるんだ。

もぐもぐ食べながらｉＰａｄの画像を見ていると、なんだか配信番組でリアリティ・ショーでも観ているような錯覚に陥った。

『で？　今日は何なん。たいがいの話は昨日「徳川《とくがわ》」で話したじゃない』

徳川ってなによ、家康？

江戸時代の将軍って、通信暗号にでもなってるの？

「亜月様。広島で『徳川』といえば、関西風のお好み焼きをいち早く展開した、広島の人間なら誰でも知る鉄板焼きの大衆有名店でございます」

「そうなんですか。なにかのコールサインかと思いましたよ」

広島観光に八田さんは欠かせないね、観光で来てるんじゃないんだけど。

あっ、なにこれすごく美味しい！

鯛のお頭煮付けに、そうめん!?

へー、初めて見たけど「鯛そうめん」って料理なんだ。

いやいや、観光で来てるんじゃないんだってば。

『そんなこと言うなよ。半年ぶりなんだから』

『なら、ウチに来りゃ良かったじゃん。こっちのアパートは、引き払《はろ》うたんじゃろ？』

『千絵《ち》ん家に行ったら、仕事するだろ？』

はい、沈黙いただきました。

ねぇ富広、ラストチャンスをくれって言ったんでしょ？

どうやってこのギスギスした感じから、守護霊や広目天の話に持って行く気なの。

『那義。なんかウチに話があるけぇ、何回《なんべん》も呼んだんじゃろ？』

『えっ？　まぁ、そうなんだけど……あっ、その前に千絵の好きなオコゼの唐揚げが』

『昨日の徳川で、ウチに言えんかったことがあるんじゃないん？』

『え……？』

うわっ、また沈黙が来たよ。

この雰囲気、マジでマズいんだけど。

『まぁ、そうよね。ちょうど那義が東京へ出向になったあとに、あの大流行で』

『あれは、仕方ないだろ。事故っていうか、災害レベルだろ』

『それがようやく落ち着いてきたら、今度はその症例報告、感染予防対策委員会に医長会議……一時的に増やしてもろうた研修医もまた散ってしもうて、当直も増えて——』

『ちょ、千絵？　なに言い出してんの？』

『――病棟医長もやっとるし、どうしても疎遠になるよね』

千絵さんはオコゼの唐揚げをつつきながら、ウーロン茶に少しだけ口をつけている。

これはもう、末期のカップルが醸し出す無言のオーラ。

牡蠣のチーズ焼きを食べながら、ここから富広がどう話を戻すか気になって仕方ない。

富広に付けたマイクから、ごくっと何かを飲み込む音が響いた。

いよいよ、意を決したのだろうか。

『そ、それでさ……千絵。おれも今回、ちょっと千絵から離れてみて、いろいろ考えて』

『……そういう話じゃろうとは、思うとったけど』

『え？　そういう……って？』

『別れ話じゃろ？』

富広ォ、下手くそかァ――ッ！

遠恋中《えんれん》に、そんなトーンで「離れてみて」とか「いろいろ考えて」とか⁉

そんなの、別れ話だと思われるに決まってるでしょうよ！

まぁ、テンゴ先生にぜんぶ話すまで1年以上かかったあたしが言うのもアレだけど⁉

なんかもっと、上手い導入は考えられなかったモンかね！

『え、えっ⁉　違う違う、全然そういうんじゃないんだって』

『今さら誤魔化さんでもええじゃろ。ウチかて、バカじゃないいんじゃけえ』

『違──ちょ、ほんと待って！　そういう話をしに戻って来たんじゃないんだって！』

『じゃあ、何なん。今まで有休を取ってまで、こっちに戻って来たことなんかなかったじゃないね。いっつもよりビールの減りも遅いし、つまみの刺し盛りも頼んどらんし……なんか、言いづらいことがあるんじゃろ？』

今度は、富広が沈黙のターン。

運ばれて来た美味しいはずの牡蠣フライと穴子の唐揚げの味が、ろくに分からない。

『……そりゃあ、言いづらいよ』

『ほんま、那義はウソがつけんよね。まぁ、そこがええところなんじゃけど』

『一生に一度のお願いだから、マジメに聞いて欲しいんだけどさ』

『一生に一度が、何回あるんね』

『いや。本気で、真剣に』

『……わかっとるよ。ちゃんと聞くけえ、正直にぜんぶ話してや』

『実は東京で──』

高原黒牛《こうげんくろうし》のステーキが運ばれて来た時。

富広と千絵さんの会話は、緊張のピークを迎えようとしていた。
『――妖怪《あやかし》たちが、ヤバい状況になっててさ』
『……は？』
は？
富広、なにを急に言い出しちゃってんの？
『どうしても、千絵の力を借りなきゃ……まじ、ヤバいんだよ』
モニター内の千絵さんは数秒間フリーズしたあと、ひとくちウーロン茶を飲んだ。
『那義……あんた、東京でなんの「クスリ」をやったんね』
『違う、おれはクリーンだ。この世には、科学だけじゃ説明できないことが』
『ええ加減にしんさいよ――ッ！』
バーンと立ち上がったので、千絵さんの顔がウィンドウから見切れた。
でもその体がぶるぶる震えているところを見ると、これは激昂したに違いない。
『人がマジメに話を聞く言うとるのに……言うに事欠いて、妖怪とはなんねッ！』
『いや、千絵。ほんと、マジで聞いてくれって。実はおれ』
『向こうで女ができたんなら、なんでハッキリそう言えんのね！』
『違《ちが》……そうじゃないって言ってるだろ？　おれは千絵以外、考えたことも』
完全に超常現象を否定しているバリキャリの理系女子――しかも医師に向かって、その切り出し方はないだろう。
これはどうやっても収拾がつくとは思えない、最悪の展開になったと断言していい。
『あんたねぇ！　ウチが「その手の話」が大嫌いじゃいうて、知っとるじゃろ!?』
『知ってるって！　その上で、一生に一度のお願いだから』
『どうやったら妖怪と別れ話が繋がるんか、言うてみんさい！』
『だから、別れ話をしに来たんじゃないって――』
その時、千絵さんのスマホ――いや、ガラケーが鳴っていた。
取り出したそれはあまりにもシンプルすぎて、ひと目で「支給品」だとわかる。
その証拠に、座り直した千絵さんの顔からスッと表情が消えていた。
『お疲れさま、古巻《こまき》です――うん、大丈夫よ。どしたん？　うん――』
気まずそうにメバルの煮付けをつついていた富広から、大きなため息が漏れた。
盗聴マイクの感度が良すぎて、小声でつぶやいた「あぁ……ダメだ」まで聞こえる。
『――うん、今から診に行くわ。大丈夫よ、飲んどらんけぇ』
パタンとガラケーを折ってカバンに戻し、千絵さんはウーロン茶のグラスを空にした。
『呼び出し？』
『救急外来から。入院が入ったんじゃけど、今日の当直には手に負えそうにないけぇ』
『そっか……何時ごろ、終わりそう？』

『わからん？　今から検査して、結果を見て、それから治療を始めるんよ？　今日中に終わるわけないじゃないね』

『だよね……』

『もう、ええじゃろ？　ウチ急いどるけぇ、帰るよ？』

いいもなにも、千絵さんはすっかり帰り支度を終えていた。

富広はビールのジョッキに手をかけたまま、引き止める言葉もなく動けないでいる。

その光景はもう、なにもかもが絶望的に進まないことを意味していた。

「八田さん。もう、あたしが出て行くしかないんじゃないですか？」

「お待ちください。古巻様は、今から病棟へ向かわれるのですよ？」

「あ……患者さんが、待ってるのか」

「これは策を変え、日を改めるしかなさそうですな」

「そんなこと言ったって、あと4日しかないのに……」

インカムに響いたのは、富広の大きなため息だった。

『おれの話……聞いてくれる気、ある？』

『妖怪の話？』

『それも含めて……おれと千絵のことも、全部だけど』

カバンを手にして、ほぼ個室から出かけていた千絵さんが足を止めた。

その目は疲れたような、悲しいような、それでいて情けないような色を浮かべている。

『ウチは、ぜんぜん聞く気はないけど――』

『……けど？』

『――病棟の子どもらに「お話し会」をしてくれるんなら、歓迎するわ』

それだけ告げると千絵さんは足早に個室を出て行き、二度とモニターには映らなかった。

「どうします？　八田さん」

「あのご様子では、明日も時間がとれるか定かではなさそうですし……なにより、今から夜通し勤務のご様子ですからな。今日からは古巻様の周囲に部下を何人か配置して、それなりにお話の時間が取れそうなタイミングを見つけて報告させることに――」

釜飯と汁物でシメて、フルーツをつまみながら作戦を考えていると。

ガラッと個室の引き戸が開いて、途方に暮れて半泣きになった富広が立っていた。

「富広さん……」

無言のまま空いた席に崩れるように座った富広は、ポケットと胸元に付けた超小型マイクとカメラを外してテーブルにポイと投げた。

「なんか、おれ……気づいたら、千絵と別れる感じになっちゃったんですけど……」

乱れたオールバックをかき上げ、天井を仰いでいる富広。

やっぱり、最初からあたしが出れば良かったんじゃないのかなぁ。

でもいきなり見知らぬ女を連れて現れても、同じ展開になってたような気もするし。タラレバは、言っても仕方ないんだよね。

「まぁまぁ、富広さん。あたしと八田さんが、別の方法を考えますから」

半泣きのやさぐれイケメンも庇護欲をかき立てて、どうもよろしくない。

思わず残っていたビールを注いで、富広を慰めてしまった。

「おれ、ホントに富単那のクォーターなんですかね……」

「え……？」

「……ホントに千絵の後ろには、広目天なんているんですかね」

「いやいや。そこは疑問を持っちゃダメでしょ」

「富単那って、広目天に使役されてるんでしょ？　なのにおれ、ぜんぜん千絵の役にも立たないし……江戸川町のあやかしさんたちにも、何もしてあげられないし……」

「ほら、富広さん。今日は、まず飲んで」

「七木田さん……」

「お疲れさまでしたよ、うん。今日のは仕方ないですって。あたしだってテンゴ先生にぜんぶ話すまで、ずいぶん時間がかかりましたし」

注いだビールを一気に空け、富広はまた大きなため息をついた。

あまりにも落ち込んでいるので、気を利かせた八田さんは追加注文している。

「七木田さんと新見先生って、なんでそんなにうまくいってるんですか？　守護霊の仏を背負ったまま、どうやったらそんなにうまく付き合えるんですか？」

「いや……急に聞かれても」

「だって、同棲までしてるワケじゃないですか。家事分担とか、どうやってます？」

「どう――ッ⁉　同居ですが⁉」

家事分担ですか、それを聞きますか。

すいませんけどあたしは何もしてませんね、できませんね。

よ――つく考えたら、あたしとテンゴ先生の方が心配になってきました。

「ハァ……東京へ出向になるまでは、家事は全部おれがやってたんですけどね」

「そうなんですか？」

「中核病院の小児科って、めちゃくちゃ忙しいんですよ」

「どこも小児科の先生は、大変そうですよね」

「だから富単那として――っていうか、おれ個人としても何かサポートしてやりたくて」

テキトーそうでチャラいけど、やっぱり富広って悪いヤツじゃないんだよね。

だから千絵さんも、付き合ってるんだろうし。

広目天と、それに使役される富単那。

いわゆる縁《えにし》ってヤツで考えれば、別れることはない気もするんだけど。

「さぁさぁ、富広様。今日のことは、これで終《しま》いにして。また明日からのことを、食べながら考えましょう」

運ばれて来た刺し盛りと殻付き牡蠣の酒蒸しを並べ、富広にビールを注いだ八田さん。

そうだよね、もうなにを言っても今日はどうしようもないワケで。

また明日からのことを、飲みながら考えましょうかね。

なんて気が抜けてしまうぐらい、やたらと料理は美味しかった。

▽ ▽ ▽

そこそこ飲んで食べながら、とりあえず今後の作戦を立てたものの。

どうにも観光気分が抜けなくて、ちょっといい感じに酔ってしまった。

「じゃあ、そういうことで。富広さん、八田さん、お疲れさまでした」

「すんませんでした。なんか最後の方は、おれのグチばっか聞いてもらったみたいで」

「亜月様、お休みなさいませ。富広様も、明日以降はよろしくお願いいたします」

時刻は午後11時。

夜風に吹かれながらホテルに戻っている間に、なんとか半分ぐらいは酔いも覚めた。

「よーし。それはそれ、あたしはあたしで——」

カバンをベッドに放り投げて、まずはテンゴ先生の言いつけを守る医学的儀式に入る。

飲んで帰って、酔いつぶれてそのまま寝る、というのは最悪だと先生は言う。

お酒を飲んだあとは「血管内脱水」を避けるため、まずはペットボトル半分以上――つまり300mlぐらいは、水分を摂らなければならない。

そこで帰りに買った「生茶」のペットボトルを、ガボガボッと迷わず飲む。

なんだったら寝るまでに500mlを何回かに分けてぜんぶ飲んでも、それはそれでトイレに行きたくなるので、血中のアルコール代謝物が体外に出て都合がいいらしい。

別に「生茶」以外でもいいんだけど、これは先生も好きな銘柄だからということで。

さらにこうして水分を摂っておくことで、酔い覚ましにシャワーを浴びたりお風呂に入ったりしても、急に血管が開いて血圧が下がるのをある程度は予防してくれるらしい。

そしていつも持ち歩いている処方薬「ドンペリドン錠」を飲むことで一杯になったお腹を動かし、ついでにお酒が抜ける時の気持ち悪さも緩和する。

あとは市販の胃腸薬を飲んで、お酒や油モノで傷んだ胃の粘膜を保護。

これでようやくあたしの医学的飲酒後儀式は終わったので、安心してシャワーを浴び。

バスタオルを頭に巻いて着慣れないバスローブを羽織ると、モニターの電源を入れた。

「――外来の診療報酬、チェックしとかないとね」

もちろん、インカムは付けずに作業することにした。

でないと絶対ハルジくんが、ネットでロボット――じゃなかった、モビルスーツの撃ち合いゲーをやろうと誘ってくるのは目に見えている。

でなければＳｗｉｔｃｈの「あつ森」で、深夜の「釣り稼ぎ」に出るかどちらかだ。

「うわ……今日も受診患者さん、80人を超えてたんだ。外来、ちゃんと回ったかな」

ホテルを出る前に済ませた分の、次の患者さんの画面を開いた時。

インカムではなく、テーブルの上でスマホが無音のまま振動を続けていた。

寝ている時に通知が鳴ると睡眠が浅くなるので、消音バイブにしているのだけど。

でもこれ、通知じゃなくて電話の振動パターンだよね。

ハルジくん、ついにシビレを切らして電話してきたかな？

でも画面に浮き出た名前を見て、その意外さにちょっと驚いた。

「テンゴ先生……？　どしたんだろう、なにかあったのかな。もしもし――」

『あぁ、アヅキ。こんな時間に電話をするのも、常識的にどうかと思ったのだが』

「いえいえ、大丈夫ですよ。さっきまで八田さんと富広さんと、酔心っていうお店で飲んで――じゃなかった、作戦を立ててましたので」

『どうだったろうか。その、今日の成果というものは』

「あれ？　八田さんが連絡するって言ってましたけど、まだ聞いてませんでした？」

『エ……？　いや、まぁ……そうか。なるほど、八田さんが……うん』

あたしがシャワーを浴びてあがってくるまで、あの迅速完璧執事の八田さんが連絡していないとは思えないけど、まぁいいか。

「先生、それがですね――」

一応あたしからも、今日の残念すぎる結果を報告して。

３人で立てた明日からの作戦も、先生に伝えておいた。

『そうか。残念だが、想定の範囲内だったな』

「それで、ちょっと明日からは」

『ところで、ちょっと』

会話がぶつかり、お互いが譲り合って沈黙が流れる。

なにを急いでるんですか、まだ寝るまでには時間はいっぱいありますけど。

「先生、どうぞ」

『エ？　いや、俺の話は……まぁ、余談というか……アレなので』

「なんですか、アレって。気になるじゃないですか」

『その……テレビ電話という手技があると、タケルに聞いたのだが……どうだろうか』

「あ、いいですよ。今、切り替えますね」

『そうか、いいのか。では、えーっと……』

先生、テレビ通話とはずいぶん進化しましたね。

あたしは壁に立てかけて外来カルテの処理もできますし、その方が助かりますけど。

「あ。ＯＫですよ、せんせ……」

スマホに映った先生の姿を見て、軽く動揺してしまった。

いくらいつもが無造作のサラサラヘアーとはいえ、それはあまりにも無造作すぎ。

なんだったら、寝起きだと言われても信じてしまいそうなほどだ。

それにラフなＴシャツ姿でいるのは構わないとしても、さすがにその苦しそうな襟回りは、どうみても前と後ろが逆じゃないですか？

『どうした？』

「え？　あ、別に……なんでもないです」

気が抜けているというか、男子力がダダ下がりというか。

でもこれって指摘したら、ぜったい気にするだろうなぁ。

どうせ寝るだけだからいいんだけど、まさかそれで1日過ごしてないですよね。

『それより……あーっと、アヅキ？』

「はい？」

『俺は特にそれを注視していたワケではないのだが、どうも……バスローブの胸元が』

「いっ!?」

ヤバっ、わりとはだけてるじゃん！

気が抜けてるのは、あたしの方じゃん！

ちょ――セクシー女優さんじゃないんだし、ブラで寄せてない胸元はダメだって！

「す、すいません！」

『いや、別に謝る必要はまったくないのだが……ただ、少しだけ気になることが』

「えっ⁉　まだ何か、はだけてます⁉」

『そうではなく――』

先生、なんでここでモジモジするんですか。

なんだろう、袖からバスローブの中が見えちゃってるのかな。

『――その部屋は、シングルで間違いないだろうか』

そしてこの意味不明な疑問はなんだろう、カメラに後ろのベッドが映ってるからかな。

あ、カバンとか脱いだ服を片付けてないや。

これって前に読んだ雑誌の特集「遠距離恋愛《えんれんあい》あるある」にもあった「会わない間は女子力ダダ下がり」ってヤツじゃない？

ダメダメ、こんなことじゃ二度とチャンスは巡《めぐ》ってこないかもしれない。

「先生。ちょっと、失礼します」

『どうした⁉』

慌てて散らかしていたベッドの上を片付け、ダッシュで戻って来た。

「なんでもないです。八田さんが気を利かせて、ダブルにしてくれたんですよ」

『ん……？　やはりそこは、ダブル？　今、なにをしにベッドへ？』

「いやぁ、ちょっと散らかってたもので……お恥ずかしい」

『そうか。いや、うん……誰か他に居るのかと』

「えー、なんですかそれ。あたしひとりに決まってるじゃないですか。八田さんとはいえ、さすがに同じ部屋には泊まらないですって」

『いや、八田さんなら……それはそれで、安心なのだが』

待って先生、待って待って。

それって、あたしが広島《こっち》で誰かと浮気してるかもってことですか？

ヤだ、なにそれヤキモチですか？

嫉妬ですか不安ですか、東京を離れてまだ1日目ですよ？

「ヤだなぁ。大丈夫ですよ、部屋にはあたしひとりですって」

『八田さんのチームが上下左右の部屋を押さえたのは知っていたのだが……富広クンも同じホテルだと、さっき聞いたもので』

「えっ、やっぱり八田さんから連絡がいってたんですか？」

『……エ？』

じゃあこの電話、なんなの？

まさか——いやいや、昨日の今日で先生が寂しがるなんてことあるかな。

でもいいじゃないの、そのおかげでこうして先生とテレビ通話できたんだから。

「さすがに、それはナイですよ。だって『あの』富広さんですよ？」

『……それは、他の奴ならあり得るということだろうか』

「なにを言って——」

軽く笑い飛ばそうとして、画面の先生が真顔になっていることに気づいた。

カメラを見て話さないと、モニターでは視線を逸らしたように映るのは仕方ないけど。

それにしても、先生の視線は沈むように下を向いていた。

「——どうしたんですか先生、なにがそんなに不安なんですか」

『いや、これといって不安というほどのものではないのだが……』

「せ、先生⁉」

『ん……？』

いつものクールな淡麗イケメンに戻ったはずなのに、先生の頬を一筋の涙が流れ落ちた。

「なんで涙⁉」

『……なんでだろうな』

「いやそれ、こっちが聞きたいんですけど！」

不思議そうな顔をして、拭った涙のついた手をじっと眺めている。

そしていつも外来で診察の合間に飲んでいる、生茶のペットボトルを傾けた。

診療が終われば、先生は自分で好きなようにコーヒーを淹れて飲むはず。

そんなことも面倒くさくなるほど疲れているのか、それとも。

『俺は天邪鬼のクォーターで、4分の3は人間だ――』

イスの背にもたれかかり、ため息をついた先生は少しだけ天井を見あげた。


『――夜はまだ、人間のものではないのだな』


「どういう意味です？」

『ただいつものように、夜になったというだけなのに……ここにアヅキがいないというだけなのに、ずいぶんと不安に煽られてしまうものだなと』

嘘みたいだけど、マジであたしがいなくて寂しがってない？

昨日の、今日だよ？

なにこの愛されてる感、ハンパないんだけど。

『だからこうして、外来のカルテ処理をリモートでしてくれているアヅキに……こんな時間に長々と、なんの意味もなく電話をしてしまう』

あーもう、リモートの診療報酬処理はいいや。

ヤメヤメ、テンゴ先生とのテレビ通話に集中しようっと。

「いいんですよ、先生。もう、外来の処理は終わりましたから」

『いや、そんなはずは』

「いいんですって。今は先生と話してる方が、あたしには大事なんです」

『アヅキ……』

これが家《ウチ》だったら、絶対このままいい感じになってるハズなんだけどなぁ。

そうだ、昨日のことを先生に言う絶好のチャンスじゃない？

「あたしもちょっと、先生に言っておかなきゃならないことがあって」

『な……なんだろうか。いかなることにも、冷静に対処するつもりでいるが』

「いやいや、そんな大袈裟なことじゃなく」

『最悪の事態を想定していれば、最悪の事態は免れられるので』

そんなに構えられたら、余計に言いづらいじゃないですか。

「アレですよ。昨日、先生がせっかく……『一緒にいよう』って、言ってくれたのに」

『あぁ、はい……なるほど』

やっぱり先生、めちゃくちゃ気にしてたんじゃないですか。

メガネごと顔を押さえて、うつむいてるじゃないですか。

「あたし、その……昨日、アレだったんですよ……」

『そうか、それはアレだったな』

わかってないですよね、それ絶対わかってないって断言する自信ありますよ?

お願いですから、最後まで聞いてもらえませんかね。

「あの……先生だから言ってもいいかなって思うんで、言うんですけど」

『……なに?』

「あたし昨日、実は『2日目』だったんですよね……」

先生は首をかしげて、3秒ほどフリーズ。

ようやくその意味を理解してくれたのか、急に声が大きくなった。

『エ、2日目とは……ア――ッ!? つまり生理の』

「あーあーっ! そうです、そうです! それだったんです!」

大きく息を吐いた先生は、イスから崩れ落ちるのではないかというほど脱力していた。

『そうか……そういうことか』

「……すいません。御迷惑だと思って」

『どういうことはない』

それ、どういう意味に取っていいか分からないですね。

とりあえず、先生が安心したことだけは分かりましたけど。

『どうも俺はそういうことに気づけなくて、申し訳ないと思う』

「いえいえ。ちゃんと言わなかった、あたしが悪いんで」

『ありがとう。報告に感謝する』

どれだけ安心したら、そんな「ふふーん」みたいな笑顔になれるんですか。

まぁ、全部あたしが悪いんですけどね。

「じゃあ、先生。明日も診療がありますから……そろそろ」

『明日は忙しいのか』

「あたしですか？　千絵さんの勤務次第で、少なくとも午前中は何もすることがなくて」

『そうか。俺はもう少し、アヅキと話をしていたいと思う』

「え？　だって、先生が」

『ダメだろうか……』

なんかこれも、雑誌の「遠恋《えんれん》あるある」記事で読んだ気がするな。

待てよ、今までのを思い返してみると。

——相手を信用できず、不安になって束縛してしまう。

——夜、急に会いたくなって涙が出る。

——なかなか電話を切れない。

なにこれ、ぜんぶ今のテンゴ先生に当てはまるんじゃない？

別に悪い気はしないっていうか、逆に気分が良くて浮かれて困るぐらいだけど。

まだ1日しか経ってないのに、明日からどうなるのよこれ。

「あたしは……別に、いいですけど」

『そ、そうか。それは良かった。実は、こちらで少し気になることがあって』

だったら、なんかもうベッドに入って電話したいな。

どうせ外来のカルテ処理は、明日に回すって決めちゃったし。

「先生。ベッドで横になって話していいですか？」

『どうした。やはり、疲れているのか』

「いや、そうじゃないんですけど……なんか、その方がリラックスできるっていうか」

『俺も、それがいいと思う』

さすがにバスローブは着替えなきゃダメなので、その間だけスマホを机に伏せ。

パジャマに着替えてベッドで横になったら、スマホの向こうで先生も横になっていた。

「なんかこれ、一緒に寝てるみたいですね」

『……一緒？　そう、だな……リモート添い寝というか、遠距離添い寝というか』

「ふふ。なんか、ちょっと楽しいかも」

『……俺は実際に、一緒の方が』

「え？　なんですか？」

『いや。実は、今日のことなのだが――』

そうして時計を見ることも忘れて、ベッドでモニター越しに先生と話をしながら。

何年ぶりか忘れてしまうぐらい久しぶりに、電話を切らずに寝落ちしてしまった。

▽ ▽ ▽

広島に来て、３日目になった。

千絵さんを説得するチャンスが見当たらないまま、今日も朝を迎えてしまった。

「亜月様。朝食のご用意が調いました」

ノックと共に、八田さんが朝食のカーゴを押して入って来た。

載っていたのはフレンチトーストとスクランブルエッグ、それにシーザーサラダ。

今まで考えたこともなかったけど、ホテルって朝食もルームサービスできるんだね。

１階の受付カウンター前の狭いテーブルにギュウギュウ詰めになって、せかせかと食べるものだとばかり思ってたけど、あれってビジネスホテルのルールだったとは。

「すいません、毎日」

「いえいえ。それより昨晩も、テンゴ院長先生とお電話を？」

眠そうな顔がバレたのか、八田さんはニコニコしながらカフェオレを作ってくれている。

そのフレンチプレスとミルクフォーマーは、さすがに自前で持って来たんですよね？

挽きたてのコーヒー豆の香りって、最高の贅沢ですよ。

「まぁ……なんとなく、毎日の日課みたいになったので」

「ほほほっ。仲睦《なかむつ》まじいようで、なにより」

とりあえず朝食をつまみながら、カフェオレを飲んでモニターをつける。

クリニックが開く前に昨日のカルテチェックの残りを終わらせ、診察開始からはヘッドセットでタケル理事長とやり取りしながら、リアルタイムで会計をサポートする。

予防接種、乳児健診、妊婦健診の時は、助産師の宇野女さんと連絡を取りながら、次の予約を決めてこちらからリモートで確保する。

東京から遠く離れていても、同じ時間を過ごしている一体感は変わらない。

これが例の「テレワーク」というものだろうか。

ただ毎日の受診患者数を見ていると、この部屋の静けさとクリニックの現状には、ものすごくズレがあると思う。

向こうは戦場で、ここは銃弾の飛び交わない後方支援司令部とでも言えばいいだろうか。

ともかく1日でも早く、なんとか広目天を引きずり出さなければならないのだけど。

「あれ……また、翔人さんからだ」

スマホに「翔人」の名前が浮かぶと、心臓に悪い。

翔人さんから「いい話」の連絡なんて来たことがない。

『py94keyt」0z:_b4:@gkq@exyq@yt@gq』

やはり暗号文字列なので、解読用のアプリを立ち上げて読み込むと。

「え――っ!?」

嫌な予感は的中というより、想像を超えた悪い知らせだった。

『専用のインカムを付けろ攻撃の第3段階が来た』

あわてて耳栓型のインカムを付けると、そばにいた八田さんもすぐに準備した。

「翔人さん!?　攻撃って」

『テレビをつけて、朝のワイドショーを観ろ』

「ワイドショー?」

即座に八田さんが部屋に備え付けのテレビをつけ、チャンネルを合わせてくれた。

いつもはロクに観ることのないワイドショーは、相変わらず真ん中に司会者がふたり。

その隣に、トピックスに関してそれらしいことをドヤ顔で言うコメンテーターが並ぶ。

問題は、画面の上に貼られた「煽りテロップ」の文字だった。

【相次ぐ謎の学級閉鎖!

世界的パンデミックに続く、新たな感染症の出現か!?】
インタビューを受けそうな時を見計らって、あやかしの工作員を歩かせていたのだが』
『八丈の仕業だろう。最近どうも江戸川町内をカメラ・クルーがウロウロしていると思い、
でもその肝心のインタビューには、輪郭の光っていない普通の人が映っていた。

「なんですか、これ!?」


——最近この江戸川町の小学校では、インフルエンザでもないのに、学級閉鎖が相次いでいるらしいですが?

——うちの小学校では2年生のクラスにひとつ、学級閉鎖が出ましたけど。

——今この江戸川町で、なにが流行っているのですか?

——なにがって……学校からは、特に「これ」というのは聞いてないです。溶連菌とか、胃腸炎とか、そういうものだと。

——今までにも、こういう「異例の学級閉鎖」はありましたか?

——異例、ですか? あれ以来……特になかったと思います。

——新たな「謎の局地的感染症」という噂もあるようですが、どう思われますか?

——えっ! 学級閉鎖って、江戸川町だけなんですか!?

「ちょ、このリポーターッ！　なに煽ってんのよ！　そんな噂、聞いたことないし！」

『残念だが、すべてのインタビューに工作員を当てることはできなかった』

「じゃあ、思い通りの答えが返ってこなかったインタビューは」

『使われなかった。まぁ、恣意的操作の仕掛け合いに負けたというところだ』

「なにそれ！　冗談じゃないわ！」

画面は江戸川町でのインタビューから、スタジオに切り替わり。

メインの司会者がフリップを出して、話を仕切っていた。


――我々が区の小学校に電話インタビューを申し込んだところ、回答をもらえたのは全体の約80％で、特に学級閉鎖はしていないということでしたが。残りの20％の小学校は、責任者不在のため回答はもらえませんでした。

――その20％が江戸川町周辺に集中している、ということですか？

――実際に町の方たちにインタビューしたところ、多くの方々から「うちも学級閉鎖をしている学年がある」と。

――篠崎《しのざき》先生。これはなにか特別な感染症が、江戸川町周辺で局地的に発生していると考えていいのでしょうか。

「バカじゃないの⁉　多くの方々って誰よ、何人⁉　なんでそんなに短絡的なの！」

「亜月様。落ち着いて、まずはイスにおかけになって」

「だってこんなの、煽り以外のなんでもないじゃない！」

話を振られたナントカ大学のお偉い先生が、咳払いをひとつしてドヤ顔を浮かべた。

もうこういう顔、見飽きたんだって！

どうせロクなこと言わないの、あたしもみんなも知ってるから！


――学級閉鎖を行ったということは、そのクラスでは一定割合以上の生徒が感染性の疾患で欠席し、蔓延を防ぐために校長先生が実施したということは事実でしょう。


「そんなこと、あたしでも知ってるわ！」

「あ、亜月様？　カフェオレを、もう一杯いかがですか？」


――学級閉鎖は「感染症の蔓延防止」以外では、実施されないということですか？

――そうです。ただ今回の場合、その感染症の症状が単純ではないというのが。

――確かにインタビューでも、溶連菌や胃腸炎など様々でしたね。

——ただそれは表面的な症状ひとつずつを見ているだけで「症候群」という概念を忘れるべきではないと思います。

——篠崎先生、その「症候群」というのは？

——一見するとバラバラな症状が、実は同時に起きている一連の症候のことです。原因不明ながらも同じ病態を呈する患者が多い場合に、それをひとつの疾患概念として「症候群」と言い表します。

ハラが立ったので「症候群」をググッたら、今のセリフそのままのサイトがあった。

「なにこいつ！　まとめサイトをコピペして読んでるだけじゃないの！」

「亜月様、亜月様？　なにか、甘いものでもお持ちいたしましょうか？」

——ということは、やはり何らかの未知の感染症が局地的に発生していると？

——それは否定できないと思います。

——当番組ではこれからも引き続き、この謎の局地的感染症についてお伝えしていきたいと思います。

「これ、テンゴ先生は知ってるんですか？」

『もちろん知っておかなければならないので伝えたが、これはテンゴの仕事ではない。あいつには今、あいつの戦場で戦ってもらっている』

「……そう、でしたね」

『しかし八丈には、やられたな。あいつは、追い詰める手順ってものを知っている』

「あいつ……なんでこんなに手際がいいんですか？　やっぱり誰か、あいつの手助けをしてるヤツがいるんじゃないですか？」

『いや、進化だろう』

「え……？」

八丈自身の、憎らしい言葉を思い出す。

——人間の進化スピードなんて、止まってるようなモンなんだよ。

1300年も眠っていた八丈の進化スピードは、本当に想像できないレベルなのだ。

『スマホは、文明の分岐点のひとつとなった道具《ガジェット》。それを手にして、過去の歴史と技術を学び、理解して使って出した結論が「これじゃない」だったのだろう』

「あたしはワイドショーの方が、これじゃないって思いますけどね」

『人間に対する最も効果的で、かつ安易で安価な攻撃——それは噂話、流言飛語、猜疑心《さいぎしん》、つまり今も昔も変わらない「疑心暗鬼」だと、あいつは気づいた。だから攻撃の第3段階に「ワイドショー」を選んだのだろう』

翔人さんのその言葉を聞いて、背中に鳥肌がたった。

八丈を江戸川町の駅前で初めて見た時、確かにあいつは言った。

――疑心が暗鬼を生む。

もしかすると、あの時からすでにここまで考えていたのかもしれない。

「ど……どうしましょう」

『このテレビを観て、どうせネットに書き込みが増える。まぁ今の時代は「ネット」と言っても、Twitterかまとめサイトが中心。問題は、ニュースサイトの方だ』

「難しいんですか？」

『当たり前だ。が、不可能ではない。それより、そっちの方はどうなんだ』

やはり、江戸川町を離れるべきではなかったのかもしれない。

呑気に飲み食いして、優雅にホテルでテレワークして、江戸川町――いや、あやかしさんたちの危機感を肌で感じることができていない。

まるで完全に切り離され、孤立している気分にすらなってくる。

「こっちは……千絵さんの空き時間ができるのを、待っている状態でしたけど」

『強引にでも急げないか』

「小児科の医長さんで、集中治療の必要な患者さんが入院されたばかりなので……家にも帰られず、昨日も医局に泊まられていましたから」

『What a day《なんてツイてない》――っと、そうも言ってられないぞ』

翔人さんは同時に、別の部署へ指示を出していた。

『――あぁ、わかった。分岐増設した電話回線をまた開けて、そっちへ処理班を向かわせる。熊谷、どれぐらい持ちこたえられそうだ？』

その名前は、仙北さんの所で会議を開いた時に聞いた記憶がある。

たしか区の保健所長をしている、狢の熊谷さんではないだろうか。

「今度はなんですか⁉」

『あのワイドショーを観たやつらが、さっそく区の保健所に電話をかけ始めたそうだ』

あやかしさんたちのことがバレるのは、もちろん恐ろしいことだけど。

それ以上に、その電話のせいで保健所の機能が止まってしまうことが怖かった。

「それは……なんとか、なるんでしょうか」

『さぁね。あのテレビ局がもう二度と取りあげなければ、そのうち終息するが――』

「だってさっき、あの番組では引き続き」

『――それをやられたら、もって3日だろう。他のテレビ局も参入してくれれば、さらに』

少し前まで、世間はどこもかしこもそうだった。

不安に駆られた問い合わせ電話、正義の抗議電話、そしてただの誹謗中傷。

保健所も、病院も、学校も、商店も、時には個人の家も、みんな酷い目にあった。

それが原因で廃業したお店が、江戸川町駅前にもあった。

暗闇に、在りもしない鬼を見る——八丈が仕掛けてきた第3段階の攻撃は、すでに効果を発揮し始めているのだ。

「亜月様！　張り付かせていたユニット2から、連絡が入りました！　古巻様の診ておられた患者様が峠を越されたそうで、今日は自宅に戻られるらしいと！」

「えっ⁉　じゃあ」

「少し強引ではございますが。さっそく今夕にでも、ぜひ」

千絵さんにはお疲れのところを、すごく申し訳ないけど。

きっと理系の医師だからこそ、逆に信じてもらえる——。

少なくとも、あたしはそう信じたい。

▽　▽　▽

出待ち、というものをしたことはなかった。

でも今は陽の沈んだ広島県民病院の職員出入口の手前で、守衛さんから不審者扱いをされないように注意しながら、ターゲットである古巻千絵さんを待ち続けている。

「八田さん……間違い、ないですよね」

「はい。今も院内の内通者から、すでに着替え終わっておられると連絡が」

「まさか、正面玄関からとか……」

「そちらも張らせていますが、目撃の報告はございません。夜間救急出入口の方も、同様でございます」

翔人さんから江戸川町の現状を聞かされて以来、このヒリつく感覚が止まらない。

中核病院ではクリニックと違い、患者さんの入院は休日昼夜を問わずにある。

あたしが焦ったところで仕方ないのだけど、今日を逃せば次はいつになるか分からない。

「あっ！　八田さん、あれじゃない⁉」

職員出入口の守衛さんに、キチンと挨拶して。

髪をなんとか後ろで1本にまとめた黒縁メガネの女性が、白のユルいニットにベージュのロングスカート姿で現れた。

「間違いありません……が、亜月様？　大丈夫でございますか？」

「なにがです？」

「少し、体に力が入りすぎているかと」

「だ、大丈夫ですよ。ちょっと緊張してるだけですって」

「近くの落ち着いた喫茶店も、すでに席を確保しておりますゆえ」

「大丈夫、大丈夫だから。落ち着いて計画通り、予定通り、シナリオ通りに」

それは、あたしがあたしに言い聞かせているだけ。

女性が女性に話しかけられても、男性に話しかけられるほど第一印象は悪くないはず。

あとは急ごしらえで八田さんが準備してくれた、必殺の「名刺」もある。

「しゃーッ、コラァッ！」

「あ、亜月様……」

いざ尋常に勝負——いやいや勝負じゃないんだって、落ち着きなさいって。

よし、と肩を回して気合いを入れて千絵さんの真正面に向かった。

「あの、すいません……ちょっと、よろしいですか？」

「……はい？」

「古巻先生、ですよね？」

「そう、ですけど……どちら様です？」

うわっ、怪しまれてないかな。

健康になるツボとか、売りつけようってワケじゃないので。

「東京にあります開業クリニックから参りました、七木田亜月と申します」

「……『あかしやクリニック』の、事務長さん？」

八田さんの作ってくれた即席名刺を、取りあえず受け取ってくれたけど。

やはり千絵さんには、これが「あかしや」と読めてしまう。

つまり、まだ「こちら側の人間」じゃないという証拠だ。

「お疲れのところを申し訳ございませんが、少しだけお時間をいただけないでしょうか」

「……製薬会社のMRさんじゃないんよね？」

「はい。それはもう、全然」

あーダメ、これはちょっとダメな受け答えだわ。

でも千絵さんは不思議そうに首をかしげながらも、突っぱねたりはしなかった。

「東京からわざわざ、なんのご用で？」

「実は社労士をされておられる富広さんから、古巻先生を『ご紹介』いただきまして」

ここがシナリオの分岐点。

富広の名前を出して、乗ってくるか、そっぽを向かれるか。

「あぁ……那義の関係かいね」

露骨にイヤな顔を浮かべられてしまった。

どうも「那義の関係」って言葉が引っかかるけど、今日は大丈夫かな。

「近くの喫茶店に席をお取りしているのですが、いかがでしょうか」

千絵さんは大きくため息をついたものの、拒絶はしなかった。

それ自体はすごくラッキーだけど、逆になにかを諦めたようにも見える。

「いいですよ……たぶん、そういうことになるとは思うてましたし」

この「そういうこと」っていうのがまた、ビミョーな雰囲気なんだけど。

とりあえず病院を出てすぐの角を曲がったところで静かにたたずむ、落ち着いた喫茶店へ連れ出すことには成功した。

八田さんはあたしに付けた極小マイクで会話を聞きながら、必ずどこかで見ているはず。

あとはあたしが、守護霊の広目天と使役されている富単那の話に持っていくだけ。

石垣島の芦萱《あしがや》先生があたしと接触して、増長天が覚醒したように。

千絵さんが「広目天」という言葉を意識して、できればそれを受け入れてくれれば、後ろにいる毘沙門天と何か反応があるはず。

少なくともそれが広目天を引き出す第一歩だと、あたしたちは結論を出したのだ。

「古巻先生、こちらです」

間接照明に照らされたウッディな店内に入ると。

席を確保しておりますもなにも、あたしと先生以外には誰もいなかった。

物静かな初老のマスターが持って来たメニューを見もせず、千絵さんは慣れた感じでホットミルクを頼んでいる。

病院の近くだから、普段からわりと来ているお店なのかもしれない。

「那義と、別れてくれって話じゃろ？」

オーダーしたばかりで、まだなにも運ばれて来ないうちから切り出されてしまった。

　でもこれは、想定の範囲内。

　あの酔心の流れから2日後に見知らぬ女が現れたら、まぁ普通はそう考えるよね。

「いえ、違います」

「え、違うん？　ウソじゃろ」

「本当です。今日はどうしても、古巻先生のお力添えをいただきたいと思いまして」

「じゃあ、引き抜き？　ウチ、広島を離れるつもりはないんじゃけど」

「いえ、そういうお話でもありません」

「じゃあ……なんの話なん？」

　ここからが勝負で、ともかく最優先事項から攻めていく。

　千絵さんがあやかしの存在を信じるかどうかより、広目天を引きずり出す方が先だ。

「いきなり初対面で、おかしな話だと思われても仕方ありませんが……お力添えをいただきたいのは、古巻先生の守護霊である『広目天』の方なのです」

「……は？」

「わたしの守護霊は『毘沙門天』で、石垣島で芦萱診療所の院長をされている芦萱先生の守護霊は『増長天』なのですが。東京の江戸川町では、今回どうしても『広目天』の助けが必要な状況になってしまいまして」

　千絵さんはムッとして、右の頬をピクつかせながら黒縁メガネをクイッと直した。

イラついてハラが立って、普通なら席を立ってもいいはずなのに、それをぐっと抑えていられるのはさすが理知的な女性だ。

けどあたし、この圧に負けないで話を進められるかな。

「あんたなんじゃね？　守護霊がどうとか、那義におかしなことを吹き込んだんは」

「いえ。古巻先生の守護霊が広目天だということは、富広さんからお伺いしました」

「那義が……あんたに？」

運ばれて来たホットミルクを口に運びながら、千絵さんはあたしを見つめたまま視線を動かそうともしない。

テンゴ先生が患者さんの話を聞きながら、頭でいろいろ考えている時と同じ表情だ。

つまりあたしを「患者」として診ているのだろう。

「……要は、こういうことよね？　あんたも那義も『守護霊を信じる会』みとうな集団に入っとって、那義があんたに『ウチは広目天』じゃいうて教えたんじゃね？」

「半分は違いますが、半分はその通りです。ちなみに古巻先生が広目天なのではなく、守護霊として広目天を背負っておられます」

あたしも千絵さんを見つめたまま、手探りでコーヒーカップを握った。

千絵さんのまっすぐなこの視線から目を逸らしたら、たぶんあたしの負け確《かく》。

これ以後、なにひとつ取り合ってもらえなくなるだろう。

「あんた、意外にまともなんじゃね」

「え……？」

「話の内容は別として。人としては、まともじゃ言うとるんよ。ウチかて今年で34歳、医者も10年目よね。それぐらいのことは分かるわいね」

「あ、ありがとうございます……」

ようやく千絵さんの視線から解放され、少しだけホッとした。

でも話はぜんぜん進んでいないのが事実で、まだ入口に立っただけ。

勝負はこれから、まだまだ続く。

「人に迷惑をかけんかったら、ウチはなにを信じてもええと思うとるけど……那義にしても、あんたにしても……どういう集団なんね、その『守護霊愛好会』いうのは」

「いえ。あたしも富広さんも、そういう怪しい集団には入っていません」

「ええよ、ええよ、なんでもええんよ。怪しゅうても、怪しゅうなくても。ただ——」

もっと怒鳴られたり、バカにされたりすると思っていたのに。

千絵さんは大きくため息をついて、ホットミルクに口をつけている。

その表情は勤務明けの疲れもあってか、妙に落ち込んでいた。

「——那義だけは、ウチに返してくれんかね」

えっ、返せ？

いやいや、別に誰も富広を奪ってませんよ？

やっぱりこれ、うまく話ができてないんじゃない？

「いや……別に富広さんは、古巻先生から離れたワケでは」

下を向いたまま、千絵さんは次第に両肩をすぼめていった。

広目天というキーワードを聞かせても何の変化もないどころか、話が変な方向に進み始めてしまっている。

「家事なんか、ひとつもできんウチと……学生の頃からずっと一緒に居《お》ってくれたんは、那義だけなんよ。ウチにできることがあるんなら、なんでもするけぇ」

「いやいや、あのですね……古巻先生？　だから、富広さんは」

「どうすりゃあ、ええんね？　どうやったらウチが、その『広目天』とかいうのになれるんね。方法ぐらい、教えてくれてもええじゃないね」

「ちょ、そういうことではなくてですね」

「教えてくれたら、なるよ。広目天でも恵比寿《えべっ》さんでも、何にでもなったげるよね。その代わり、頼むけぇ……那義だけはウチに返してや。それがダメじゃ言うんなら、せめて那義をその集団から解放してやってくれんかね」

あたしと富広、千絵さんの中ではすっかり悪の組織に洗脳されたっぽくなってるわ。

どうしよう、これってどうやったら話が戻るかな。

戻らなくてもいいから、なんとか話を逸らすだけでもいいんだけど。

「あの……ちょっと、聞いてもいいでしょうか」

「……なに？」

「えーっと、あのですね……あっ、富広さんから聞いたんですけど。なんで古巻先生は守護霊とか幽霊とか、そういう霊的なものを『絶対に』否定されるんですか？」

とりあえず、これで少しずつ話が逸れていかないかな。

少なくとも悪の洗脳組織っぽい話からは、なるべく離れていかないと。

「それも、那義が言うたん？」

「ですね。信じる信じないというより、絶対否定だと聞きましたもので」

「那義はウチに、そんな話をしたことはないはずじゃけど」

「学生の頃にそういう話をしたら、古巻先生と1ヶ月以上ギスギスして死にそうになったと言っておられました」

「……あぁ、アレね。あの頃は、そうようなこともあったね」

どこか懐かしそうに、遠くを見つめてしまった千絵さん。

まるでたくさんある富広との思い出を、ひとつずつ整理しているようにも見える。

「やっぱりそういうのは、医学的に」

「違うんよ――」

ため息と共に軽く首を振り、千絵さんは少し考え込んでいた。

冷静に考えたら当たり前だけど、初対面のあたしにそんな話をする義理はない。

「――あんたこそ、ウチの言う話を信じられるん？」

それでも話を続けてくれたのは、少しだけ距離を縮めることができた証拠だろうか。

安心してください、あたしは毘沙門天を背負って生活してますから。

「あり得ないことってないんだなと、特に最近よく思います。少なくとも『目の前で起こっていることを否定してはダメだ』と、うちの院長もよく言ってますので」

それを聞いて、わずかだけど千絵さんの雰囲気が変わったのを感じた。

具体的にはうまく説明できないけど、少しだけ「角が取れた」と言えばいいだろうか。

「なんで那義にも話してないようなことを、今日会《お》うたばかりのあんたに話そう思うたんか、ウチにもようわからんよ」

「あたしは、少し嬉しいです」

それから千絵さんは、イケオジのマスターにもう一杯ホットミルクを頼み。

軽くサンドイッチでも食べないか、とまで誘ってくれた。

これはやはり、四天王である広目天と毘沙門天が引き合っていると考えていいのでは⁉

「ウチが那義と付き合う前の話よね。元彼と別れる時、なんて言われたと思う？」

「……別れ話の理由ですか？　それはちょっと、想像がつかないですね……はは」

それって、今の流れに関係ありますか？

なにか思いついても、本人を前にして言えるわけないじゃないですか。

「5年生の学生実習《ポリクリ》から、アパートへ帰ってきたらね。その頃に付き合《お》うとった修一《しゅういち》が、いきなりこう言い出したんよ——」

運ばれて来た熱いホットミルクをひとくち飲んで、千絵さんが悔しそうにつぶやいた。

「——オマエと付き合ってると千絵が不幸になる、って『守護霊』に言われたんじゃと」

「……はい？」

「何を言いよるか、わからんじゃろ？　つまりウチの何が悪かったワケでもなく、守護霊から『別れてくれ』って言われたけぇ、ウチは修一と別れることになったんよ」

えっ、ちょっと待ってくださいよ？

いま、思いっきり2回も「守護霊」て単語が出てきましたよね。

霊的なものを完全否定してる、ってワケでもないんですか？

しかもその守護霊って、将来的に千絵さんが富単那の富広と付き合うことを知ってた、広目天じゃないですか？

「いや……なんとなく、理解できた気がしますけど」

「日頃から修一は話をする時にね、ウチの目を見ずにちょっと上——ちょうど頭の上ぐらいを見ながら話をするヤツじゃったけど、それほど気にはせんかったよね。それをなんの前触れもなく……実習から帰ってきたら、いきなり別れ話よ？　しかもその理由が、ウチの守護霊に『別れてくれ』って言われたんじゃと」

たぶんその「ちょうど頭の上ぐらい」って、守護霊と目が合ってたんじゃない？

これって霊的なものを完全否定しているというより、トラウマなんじゃない？

ちょっと広目天、あんた千絵さんになんてことしてくれたのよ。

「な、なるほど……」

「それだけじゃあない。それまでに付き合うた男も、みんなそんな感じよね」

「……そんな感じ、というのは」

「落ち武者の霊に入られて、台所で小麦粉を食べ続ける男と付き合うたことある？」

「なっ!?」

「ふたりでカラオケに行ったはずなのに、ウチが歌《うと》うとったら急に爆笑されて『今のデュエット、超ウケる』とか言う男と、付き合うたことは？」

「いっ!?」

それ、広目天に救いを求めて霊が寄ってきてませんか？

少なくとも千絵さんに強い守護霊——つまり広目天が、昔から付いていたのは間違いなさそうだけど。

「ともかく。霊じゃの、守護霊じゃの、そういうことを言う男は……そういうことよね」

これほど千絵さんが守護霊を意識して、あたしと接触しても広目天は姿を現さない。

八田さんと心配していた通り、その上でなにか「引き金《トリガー》」が必要なのだ。

芦萱先生の増長天が出て来た時のトリガーは、間違いなく百鬼夜行。

あたしが毘沙門天を呼び出す時にも、なんらかのトリガーは必要だ。

だとしたら、あたしと千絵さんが揃った上で必要なトリガーってなんだろう。

広目天だけを単独で取り扱った歴史のあるお祭りが、調べた限り見つからないのに。

「じゃあ、そういうことじゃけえ」

「えっ⁉　どういうことですか⁉」

千絵さんはホットミルクの残りを、一気に飲み干して立ち上がった。

なにこれ、あたしと千絵さんの距離ってぜんぜん縮んでなくない？

わりと語り合った感があったんだけど、あれってなに？

「那義は東京へ行くまで、守護霊じゃの……ましてや妖怪じゃの、そういうことは1回もウチに言わんかった。それが帰ってきたら、急にあの調子で。それで今日は、あんたが来て、こうじゃろ？　そういうことよね」

「……それって、少しもあたしの話は信用してもらえないってことですか」

「言わんかったかいね？　あんたはまともじゃと思うけど、話の内容は別じゃいうて」

うぃえっ――そこから、ぜんぜん話が進んでなかったんですか⁉

守護霊にトラウマを負わされた理系のバリキャリが、ガチガチの霊的現象全否定になるのも分からないでもないけど。

「あの、ちょっと待っ――」

「明日にでも、那義の事務所に連絡しとくわ」

「――なんで事務所なんですか⁉」

「東京で怪しい『守護霊愛好会』に入ってしもうた、って言うとかにゃいけんじゃろう」

「そんなことしたら、富広さんが解雇《クビ》になるかも」

「それなら、それでええ。次の仕事が見つかるまで、那義はウチが何年でも養う。なんじゃったら、仕事なんかせんでええ。ウチのそばに居《お》ってくれたら、それでええ」

取りつく島がないとは、こういう雰囲気のことだろう。

伝票を持って、千絵さんはさっとレジへ向かってしまった。

でもはっきりしたことは、やはり千絵さんは富広と別れるつもりなんてない。

表現や伝え方がすごく下手なだけで、誰よりも愛しているのだ。

「亜月様……」

出て行った千絵さんと入れ替わるように、八田さんが店内に入ってきた。

その顔色は、今まで見たことがないほど動揺している。

「ごめんなさい、八田さん。あたし、失敗しました……」

「それに関しては、次の手を打ってあります。それより、深刻な問題が発生しました」

「えっ！　あたしの失敗より問題なんですか!?」

「お話は、ホテルの指揮所《CP》に戻ってから」

すぐに八田さんが教えてくれないのは、かなりヤバい証拠。

ホントもう、これ以上は勘弁してくれって感じだけど。

それが疱瘡神の始祖《オリジン》、八丈と戦うということ。

あたしたちは、ぜったい負けるわけにはいかない。

▽　▽　▽

古巻先生から広目天を顕現させることに、あたしも失敗したあと。

慌てた八田さんに連れられ、急いでホテルの部屋に戻った。

でも戻ったところで、いつものテレビ会議のモニターがついているだけだった。

「もう、教えてくれますよね？」

「……それは、わたくしからではなく」

まだ言葉を濁す八田さんの意図がわからないまま、とりあえずモニターの前に座ると。

いつものように画面が分割されて、今日の出来事を報告するメンバーが――。

「先生!?　その目、どうしたんですか！」

寝る前のテレビ通話ではいつも通りだったのに、今は左目に眼帯をしている。

いつもと違ったのは、それだけではない。

モニターにはだいたい引き気味のバストアップで映っていたはずが、今日はなぜか顔だけアップになっている。

まるで首から下の何かを、見られたくないようだ。

『アヅキ……体調を崩したりしていないだろうか』

「あたしのことじゃなくて、先生のことですよ！」

いつものように振る舞おうとしているけど、全然できていない。

じっと見つめているようでいて、ぼんやりとモニターカメラを眺めているだけだ。

『まぁ、それはあとで。それより、仙北さんは繋がりましたか』

空席の分割画面に仙北さんも姿を現したけど、その顔には疲労が色濃く出ている。

いや、疲れているというより動揺しているのではないだろうか。

『ふぅ……ＯＫですよ。こっちの準備は終わりましたので』

「先生！　そっち、どうなってるんですか!?」

『ハルジ。出られるか？』

別の分割画面は、その背景が明らかに「あやかしクリニック」ではなかった。

その席に現れたハルジくんがいつも通りだったので、少しは安心したけど。よく考えたら、ハルジくんが別画面に映る理由がわからない。

『はいよー。始めていいよ』

残りの画面は、いつも翔人さんが使う版権フリーのアイコンだったけど。静止画のように動かず、声も聞こえてこない。

これは明らかに非常事態が起こっている証拠だ。

「先生!?　なにがあったんですか！」

少しだけ考えてから、先生は言葉を濁すことなくはっきりと告げた。


『俺とタケルが感染した』


一瞬だけ頭が真っ白になったけど、すぐに我に返った。

「な……それって、八丈の!?」

『タケルはよくある、ウィルス性の胃腸炎だと思う。下痢と嘔吐が止まらないので、今は処置室で点滴をしながら寝かせている。いくらマスクと手洗いに気をつけても、あれだけ真正面から患者と接していれば、避けられないのも仕方ない』

「よくあって……でも、タケル理事長は」

先生は淡々と事実だけを告げているけど、大きな問題がある。

『そうだ。あやかしのハーフなので、生薬が効かないとドンペリドンも効かない。ましてやタケルはハーフなので、俺たちよりも「あやかし遺伝子」が強く残っている。今の点滴はただの水分補給と、電解質や血糖の補正にしかなっていない』

まさかタケル理事長——やったことのない医療事務と受付をガラにもなく引き受けたのって、他のあやかし事務さんを雇ってその人が感染するのを防ぐためなの？

「……せ、先生は⁉　先生は、何に感染したんですか⁉」

『俺もよくある、ちょっと脳圧が上がる系のウィルス感染だろう。咽頭発赤以外に身体所見がなく、項部硬直《こうぶこうちょく》もないのに頭痛と嘔気が酷いから』

「でも、その目は」

『心配してくれて、ありがとう。だがそれは……また、あとで』

「あとでって」

後ろから八田さんに優しく肩に手を置かれ、また我に返った。

あたしと先生のプライベートな会話は、心配でもまたあとで電話すればいい。

それより先に、江戸川町で起こっている非常事態のことを知らなければならない。

『生薬受容体《レセプター》から八丈の生み出した受容体阻害物質がはずれるまで、タケルには補正だけの対症療法で耐えてもらうしかないのだが。問題は俺も感染したことで、あやかしクリニックを封鎖しなければならなくなった、ということだ』

「あ……」

最悪の事態と言っていいだろう。

江戸川町には、日本中のあやかしハーフやクォーターの3割以上が住んでいる。

先生が何かのウィルスに感染したのなら、今度は診察する先生から別の感染症を毎日80人以上のあやかしさんたちに広げてしまうことになる。

そしてその患者さんが家に帰り、あやかし系の家族に感染させる。

それが子どもたちなら学級閉鎖はさらに続き、またテレビ局が取材にやってくる。

『どのみち生薬受容体から物質がはずれるまでの対症療法しか提供できていなかったのだが、それでも未治療群に比べると、受容体阻害物質がはずれるまでの日数が短くて済むのがわかった。これができなくなると――』

「どうしよう……子どもたちの姿が今より戻りにくくなる、ってことですよね」

『――いや。子どもたちだけではない』

「え……？」

それは、あまりにも意外な言葉だった。

テレビ局が目を付けたのも、子どもたちの学級閉鎖。

三好さんだって、気管支肺炎になったけど三吉鬼《さんきちおに》の姿は現れなかったはずだ。

『八丈のまき散らした感染症が「変異」している』

「……どういうことですか？」

『頻度や程度には個人差があるようだが、感染すれば大人のあやかしも姿が現れるようになってしまった』

「えぇ――ッ！　じゃあ」

『学級閉鎖どころか、出社や外出ができない成人のあやかしたちが増え始めた。これについては尼美准教授と、都立感染症研究所で所長を務めている乾《いぬい》クンが調べている』

「……テンゴ先生？　先生も感染したってことは、まさかその眼帯は」

片眼の視線を逸らして、テンゴ先生は黙り込んでしまった。

代わりに、仙北さんが優しく答えてくれた。

『七木田さん。新見くんの気持ちを察してやってください。誰だって、好きな人には見られたくない姿があるものですよ――』

間違いない、テンゴ先生は天邪鬼の姿が出始めている。

だから眼帯をして、首から下も映らないようにしているのだ。

『――とりあえず今日から、自分のビルのワンフロアを「リモート外来」として開放しました。患者さんにはここへ来てもらい、新見くんには遠隔診療をしてもらいます。聴診などの診察介助や検査は、宇野女さんにお願いしていますので』

「でも……そうしたら今度は、仙北さんや宇野女さんが」

『その時は、また別の方法を考えます。七木田さんは、そちらに集中してください』

「それが……」

そう言われると、情けなくて胃がキリキリと痛む。

だってこっちは、なにひとつうまくいっていないのだから。

『いかがですか、薬局のハルジくんは。体調に変わりはないですか？』

『ぼく？　まぁ、今のところはね。っていうか仙北さん、誰かここへぼくのプレステ持って来てくれるように手配してくれない？　薬局に隔離とか、ヒマで仕方ないんだけど』

『明日にでも誰かに届けさせますから、今日は辛抱してください。あやかし薬局まで閉鎖になったら、それこそ「終わり」ですよ』

『わかってるって。今日はとりあえず、カズちゃんと生薬を増産してるから』

『西尾さんにも、よろしくお伝えくださいね。申し訳ないですけど「いざという時」は、ヒト薬剤師である西尾さんだけが頼りなので』

『だってさ。カズちゃん』

画面の外から「僕のことは気にせず」と、西尾さんの声が聞こえてきた。

みんな必死で戦っているのに、あたしだけ頭が現実に追いつかない。

広島《こっち》でモタモタしている間に、最前線の江戸川町ではあやかし医療が崩壊寸前まで追い詰められている。

あたしは本当に、危機感をもって広島に来ているのだろうか。

あたしは本当に、あたしにしかできないことをやれているのだろうか。

『新見くん。日本あやかし医師会の会長さんからは——新見くん？』

『ん……？　あぁ、すいません』

『体調、思わしくないですか』

『……やはりプレドニゾロンが効かないのは、キツいですね』

『席をはずして、横になった方がいいのでは？』

『いや、大丈夫です……問題、ありません』

テンゴ先生は最前線で感染し、今は薬も効かずに苦しんでいる。

そんなこと、あたしは想像すらしていなかった。

『ちょっと新見くんが辛そうなので、ここから先は自分がお伝えしますね。本日午後、日本あやかし医師会の会長さんから「あやかしロックダウン」の要請がありました』

最悪の事態に、最悪の言葉が重なる。

それは最近まで、日本では聞かれなかった単語だった。

「仙北さん！　それってあやかしさんを、江戸川町から出さないってことですか⁉」

『いえ、もっと広範囲です。相手が疱瘡神の始祖《オリジン》であることを考慮したのでしょう。

鬼気祭《きけのまつり》である四角四境《しかくしきょう》を模しています』

「四角……？」

『その昔、鎌倉で疫病が流行した時。陰陽師《おんみょうじ》が災いの元となる疫神を追放するため、4つの境で除災の儀式を執り行ったとされています。それが、四角四境祭です』

「八丈が、疱瘡神の始祖《オリジン》だからですか？」

『今回の場合は「侵入を防ぐ」ことではなく「封じ込める」ことですが。東は旧江戸川、西は荒川、南は京葉線、北は都営新宿線までを提案されました』

「そんな……それじゃあ、区の南半分が」

仙北さんはため息をつきながらも、その目に迷いは感じられなかった。

つまり、やむを得ないと考えているのだ。

『七木田さんは、ご存じないかもしれませんが。日本の行政、司法、立法にいたるまで、あらゆる要職に、あやかしのハーフやクォーターが紛れ込んでいます。だからこそあやかしは、なんとかこの社会に溶け込めています。しかし八丈の感染で成人のあやかしまで姿を現すとなれば、あやかしの存在を世間に知られるのは時間の問題』

「でも、そんなことしたら……また、あの時みたいに……」

あれ以来、社会は新しい日常へと一変した。

何もかもが、今まで通りにはいかなくなった。

その痛みがまだ完治していないのに、あやかしさんたちだけさらに別の災厄に襲われる。

『公衆衛生と経済の利害相反、ですね。そのあたりの経済的保障について「全国あやかし共済」の代表理事と交渉するはずだっ――ので――が――』

その時、分割画面がバサバサッと数回乱れた。

そして、それが元に戻った時――。

翔人さんのアイコンが映っていた画面には、信じられない顔が映し出されていた。


『へーっ。デジタルってヤツは、人間に感染するよりも難しいんだな』


「――ッ!?　八丈！」

見間違うはずもない。

半眼で横柄に見おろす八丈が、相変わらずタバコを燻らせながらイスで反り返っていた。

『おーおー、毘沙門天の姉ちゃん。怒りと絶望が入り交じった、いい顔になったなぁ』

「あんた、どうやって――翔人さん!?　応答してください、翔人さん！」

『あの鎌鼬が、アンタらの希望だったのか？　なら残念だが、しばらく出て来ねぇぞ』

「そんな……まさか、翔人さんが」

『オレが接続を断った。なんとか抜け出そうと、今ごろ必死でもがいてるだろうよ』

「……なんで翔人さんが、アンタなんかに」

口元を歪めただけで、憎たらしいことに八丈はそんなことに興味はなさそうだ。

それはつまり、デジタルの世界でも感染経路を獲得したということだろう。

八丈の「進化」は、もう誰にも止められないのかもしれないとすら思った。

『ふーん。アンタが、死人運びのセンポクカンポクか。元の汚《きたね》ぇヒキガエルの方が、よほど似合ってると思うがなぁ』

『初めまして、仙北と申します。知識のアップデートに、バラつきがあるようですね。自分はクォーターですので、今はその職には就いておりません』

八丈はモニターにタバコの煙を吹きかけたあと、床にツバを吐いた。

『ご挨拶のジョークも通じねぇヤツだから、人を導くなんて馬鹿なことをやってんだよ』

『失礼、ジョークでしたか。あまりにも品がなかったもので、気づきませんでした』

仙北さんは、努めて冷静に八丈とやり取りしている。

でもその眼は、決して見せたことのない荒々しい色に塗り替えられていた。

『で？　そっちのクソガキは、見たまんまの座敷童子《ざしきわらし》か。どうだ？　ご自慢の生薬が効かない、無能な薬剤師に成り下がった気分は』

ハルジくんは、こういう時の方が逆に大人の対応をするのだと初めて知った。

八丈の口汚い挑発は一切無視して、手元でせっせと生薬を調合している。

『おい。補聴器を付け忘れてんのか？　おいおい、オレはカザフ語なんて話せねぇぞ』

それでも無視したままのハルジくんから、スマホにメッセージが届いた。

【あーちゃん、荒らしはスルーね】

『なんだよ、人間に媚び売って家に寄生するダニに逆戻りしたのか。なら許してやるわ』

たしかに昔の匿名掲示板などでは、それで通っていたらしいけど。

今は無抵抗な人を、徹底的に好きなだけ攻撃するのが目的だと聞いたことがある。

それはまさに、ここで好きなだけ悪態をついている八丈そのもの。

もしかすると八丈は、あらゆる現代文明と文化を理解吸収しているのかもしれない。

そう考えただけで、背中を嫌な汗が伝い落ちていく。

『おっ。そこでショボくれてんのは、院長センセー様じゃね？　がんばってくれよ、センセー様よぉ。現代医療で、悪のあやかしと戦ってくれるんじゃねぇのかよ。あぁ？』

『八丈……』

少しふらつきながらも、テンゴ先生は八丈を見据えていた。

『あー、ムリしてしゃべらなくていいぞ。脳圧上がって、けいれん起こすぞ』

『……江戸川町から、出ていないだろうな』

先生の予想外に強気な発言には、さすがの八丈もイラつきを隠せなかった。

『あぁ？　オマエ、相当ヤラれてんだろ。どうやったらこの状況で、上から目線の交渉がオレとできるなんて思えるん』

『黙れ』

『な……テメ』

『江戸川町から出たら……おまえとの交渉は、なしだ』

ドカッと大きな音をたてて、八丈の画面だけが激しく揺れた。

恐らく怒りに任せて、モニターの載ったテーブルを蹴り飛ばしたのだろう。

『だったらテメエらも、さっさと広目天を引きずり出して来いやッ！』

『忘れたのか……まだ「おまえの提示した」期日を、過ぎていない……1週間後と言ったのは、八丈……おまえの方だ』

『オレが知らねえとでも思ってんのかァ――――ッ！』

ビキビキッと、何かがへし折れる音が聞こえる。

八丈の怒りは、ピークに達していた。

『あそこで馬鹿ヅラ下げてる無能なテメエの彼女ちゃんが、広島旅行を堪能しすぎて大失敗してくれてんだよッ！　明日と他人に期待することしかできねぇクズ野郎どもは、尻に火を付けてやんなきゃ何もできねぇだろうが！』

『確かに、忘れていたな――』

ほんの少しだけ、テンゴ先生は口元に不敵な笑みを浮かべた。

『──俺たちに期待することしかできないおまえは、クズだった』


どうしてテンゴ先生が、そんなに強気でいられるのか理解できない。

あたしには広目天を顕現させる自信なんてないし、今日も失敗したばかりだ。

テンゴ先生の期待に応えられるほど、あたしはできる女じゃない。

それなのに先生は、あたしを信じてくれているのだろうか。

『このクソ天邪鬼が……いいだろう。その減らず口を、二度と叩けねえようにしてやろうじゃねぇか。ＯＫ、オレから最終通告をしておいてやる』

煽られた八丈の怒りが限界を突破しようと、頬をピクつかせていた。

『条件は……変わらない。期日は、おまえが決めた……日没。江戸川町を、出たら……この取引は、なしだ』

『よく聞けよ、二度と言わねぇぞ。期日に間に合わなかったら、次の変異は「サイトカイン・ストーム強制誘導」だ』

『八丈……』

その意味は分からないけど、テンゴ先生がわずかに顔色を変えた。

きっと「サイトカイン・ストーム」とは、何かとてつもなく悪い変異に違いない。

『お互い、全部終わりにしようじゃねぇか。センセー様よ』

『あぁ……俺からの最終通告を、忘れるところだった』

『うるせぇ！　もう切るぞ！』

『俺のアヅキを侮辱したことは……おまえの犯した、最大のミスだ……』

『寝言は寝て言え！』

『……そうだろ、翔人』

『な――ッ!?　まさか』

先生が幻覚でも見ているのかと心配になった瞬間、八丈の画面にノイズが走った。

その向こうで慌てている八丈の音声は途絶え、聞き覚えのある声が響いた。

『あぁ。しかも亜月を愛しているのは、ヤバい奴らばかりだからな』

どういうこと!?

翔人さんは、八丈に接続を断たれたはずなのに――まさか、そういうことですか!?

「し、翔人さんですよね!?」

『すまなかった。大事な彼氏に無理をさせて、接続を引き延ばしたことは許してくれ』

「じゃあ……やっぱり、わざと？」

『接続経路と手順は、だいたい把握した。よくしゃべるヤツに、頭のいいヤツはいない』

それを聞いたテンゴ先生は、ゆっくりと席を立って画面から消えていった。

「先生⁉　大丈夫ですか、先生！」

「亜月様──」

そっと肩に触れたのは、八田さんの温かい手だった。

相変わらず穏やかな笑顔を浮かべて、あたしのそばにいてくれる。

でも今は、そんな穏やかな状況ではない。

「──テンゴ院長先生とタケル理事長先生は、あちらの医療チームに任せましょう」

情けなさと悔しさが、テンゴ先生の辛そうな姿に重なっていく。

その残像が消えた時、そこに残っていたのは無力で非力なあたしだった。

「そんなこと言ったって……だって、あたし……あたしは、こっちで何もできずに」

「おやおや。なぜ泣かれているのですか」

「……あたしに、なにができるって言うんですか」

「困りましたな。今からこちらも、明日の作戦会議を始めなければならないのですが」

「え……？」

「お忘れですか？　次の手は打ったと、帰りに申し上げたではないですか」

「八田さん……」

「次も大事な役割ですので、お願いいたしますぞ」

そっと渡されたハンカチは、ほのかなフローラルの香りに包まれていた。

それはまだ本当に、あたしにしかできないことがあるという意味だろうか。
その答えも分からないまま、広目天を顕現させる最後の作戦会議が始まった。

【第3章】ふたりの距離

広島市の南区で、瀬戸内海に面した地域――宇品《うじな》。

そこには広島港があることもあり、当然のように倉庫が立ち並ぶ一角があった。

中国山地があって始祖《オリジン》も暮らしやすいので、広島にもあやかしさんたちが住んでいる。

八田さんの奥さんが、広島の方だったこともあり。

多くのあやかしさんたちが、あたしたちに協力を申し出てくれた。

「それでは、亜月様。よろしいですか？」

時刻は午後6時。

夕暮れの倉庫街で借してもらった、搬出が終わってガランとした小さな倉庫の奥に、これまたポツンと大きなひとり用のソファが置かれ。

その隣には、大きなテレビモニターが設置されていた。

なぜかあたしは白シャツに黒のスーツ上下を着せられ、黒いネクタイまで締めている。

シナリオは理解したつもりでいたけど、このソファに足を組んでドカッと座り、膝の上でネコを撫でていなければならない理由は分からなかった。

「あの……この格好って、なにか意味が」

「威厳は説得力でございます。亜月様はお優しいので、どうしてもその雰囲気が隠せません。ですから、そのあたりを盛らせていただきました」

どうも八田さんの中では、ネコがマストアイテムになっているようだと思っていると。

電気の消された薄暗い倉庫の入口が、大きな音を立てて開かれた。

まだ明るい夕陽に包まれて、姿を現したのは3人――あたしと同じ黒いスーツに黒いネクタイの屈強な男に挟まれた、千絵さんだった。

「ちょっと！　何なん、これ！　なんでウチが薄暗い倉庫に――」

どうやら作戦のスタートはうまく切れたらしく、広島に居るあやかしさんたちの協力で、千絵さんをここまで誘導してもらうことには成功していた。

まさか拉致するワケにはいかないので、考えた末にこの方法を採ったのだけど。

あとはいよいよ、あたしがなんとしてでも話を進めていくしかない。

「古巻先生。手荒なことはしたくなかったので、このような形にさせていただきました」

そして余裕でソファにもたれたまま、ネコを撫で続ける。

八田さんの言う「あたしがひと声かければ何とでもなる感」を出さないといけない。

「また、あんたね！　毎日毎日、ええ加減にしんさいよ！　なにしたんね！　なんでウチが、宇品線の反対方向に間違《まちご》うて乗らにゃいけんのね！」

「どうですか、先生。キツネに化かされたご気分は」

「……は？　キツネ？」

「先生がいつもの電車を、乗り間違えられるはずがない。なのに、間違った。降りた停留所から戻ろうにも、路面電車はなぜか来ない。仕方なくタクシーを拾ったら、工事中や一方通行を曲がり続け、気づけばこの倉庫の前に来ていた――」

「なんであんたが、それを知っとるんね……」

ここで少し間を空けて、ゆったりとネコを撫で――あっ、ちょっと逃げないで！

いやいや、こんなことには動揺せずにシナリオを続けなければ。

「――あ、怪しんだ先生はタクシーを降り、別のタクシーを探して歩いたものの、やはり辿り着くのはこの倉庫の前。どうしたものかと、し……思案？　していたところ、気づけば隣にいるふたりの男たちに挟まれていた。なぜこんなことになったのか、知りたくはないですか？　古巻千絵先生」

「バ、バカらしい……帰るわ」

「まぁまぁ、先生。そう慌てずに。マイキー、ダニー」

指を鳴らそうとしてスカッてしまったけど、ふたりはサッと倉庫のドアを閉めてくれた。

これ、いくら練習してもできなかったんだよね。

「な、なにするんね！　アンタら、わかっとるん⁉　これ、犯罪よ⁉」

「お時間はとらせません。もちろんお話が終われば、お帰りいただくつもりです。さぁ遠慮なさらず、どうぞこちらへ」

入口に立つ千絵さんからあたしの前まで、大きな蛍のような火が夜の滑走路みたいに連なって灯り始め、ここまで来いと道を作っている。

広島の蓑火《みのび》さん、いい仕事するなぁ。

「な……何なんね、これは」

できるだけ「拉致」は避けたいので、千絵さんの「意思」でここまで来てもらいたい。

スマホの電波もポケットＷｉ－Ｆｉも、翔人さんのおかげで遮断してある。

背後のドアには屈強なＭ＆Ｄ兄弟、大声で叫んでもこの倉庫からどれだけ外に伝わるか。

まぁ、それだけで十分「拉致」が成立している気がしないでもないけど。

この怪しい空間の中で面識があり、まともに話をできそうなのはあたしだけ。

退路を断たれたと判断した千絵さんが蓑火で作られた道を恐る恐る進んだのは、やはり理知的で冷静な女性である証拠だ。

「あんた、ホンマは何者なんね」

あたしから少し離して向かい合わせに置かれた折り畳みイスに座った千絵さんは、他になにか妖《あや》しいものがないか、ずっと周囲を気にしている。

　さぁ、ここからが本番だ。

「あたしは、アヅキ・ヴァイシュラヴァナ・コルレオーネ。キツネやタヌキのみならず、この世ならざる者たちを統《す》べる女。キツネに化かされ、塗壁《ぬりかべ》に行く手を塞がれ、先生はこうして蓑火に導かれている――それがここへ来た、タネ明かしです」

　八田さん、ヴァイシュラヴァナが毘沙門天だというのは理解できましたけど。

　なんですかコルレオーネって、七木田だと「ハク」が付かないってどういう意味ですか。

「ぬりかべ？」

「わりと有名な妖怪《あやかし》ですが、ご存じありませんでしたか？」

「この前は『まとも』じゃ言うたけど、やっぱりあんたは」

「今日は、議論や説得をするためにお呼びしたのではありません。ましてや、富広さんの話をするつもりもありません」

「……どういうことね」

「今そこにある現実を見てもらう、体験してもらうことが目的です」

「な――ッ⁉」

　テイクアウト用のカップに入れたホットミルクを持って、いきなり八田さんが現れた。

　その姿は予定通り、片翼の堕天使執事――八咫烏。

　むき出しの鋭い爪で、カップと千絵さんを傷つけないように注意を払っていた。

「ご安心ください。彼はあたしに絶対服従の執事で、八咫烏のクォーターです」

「八咫……クォーター？」

「そのままの意味です。外国人とのハーフやクォーターと、同じ意味です」

手渡されたホットミルクの匂いを嗅いだだけで、決して口をつけようとはしない。

やはり、どこまでも慎重で理知的な人だ。

「で？　手の込んだコスプレみとうなモノを見せられて、感想でも言えばええんね？」

そして、この程度では超常現象を信じようとはしない。

だから今日は、江戸川町で起こっている事実を観てもらうことにしたのだ。

「こちらのモニターが、東京の江戸川町にある『あやかしクリニック』と繋がっております。あたしは残念ながら医学的知識に乏しいので、ぜひ当院の院長であり——あたしの、さ……最愛の人から……その、説明を受けていただこうと思いましてね」

ちょうどあたしから画面が見えない真横に置かれたモニターに、電源が入れられると。

その光に照らされた千絵さんが、薄暗い倉庫の中で浮かび上がったように見えた。

『はじめまして、古巻先生……東京の江戸川町で「あやかしクリニック」の、院長を……しております……天邪鬼のクォーター、新見天護と……申します』

あたしから姿は見えないけど、テンゴ先生の声は明らかに昨日より辛そうで。

ウィルス性の髄膜炎《ずいまくえん》になると普通は入院治療が必要らしいけど、大丈夫だろうか。

「なにそれ……えらい凝った鬼のコスプレしとるけど……あんた、ほんまに医者なん？」

えっ、鬼⁉

テンゴ先生、ついにぜんぶ天邪鬼の姿になっちゃったの⁉

『アヅキ。俺の姿は……見えて、いないか？』

「……は、はい。ここからは」

『そうか。頼むから、今は……その、俺を見ないで欲しい』

眉をひそめてその会話を聞いていた千絵さんが、不意につぶやいた。

「ちょっと、待ちんさい。新見って……あんた、もしかしてＴＫ大学に居《お》った？」

『俺のことを、ご存じなのですか？』

「……じゃあ、その前は？　大学の前は？」

『旧・国立神経研究所の、第二部です』

「二部……そこで何をしとったか、言える？」

『翻訳されない塩基配列《ブランク・コドン》の……研究、です』

テンゴ先生の言葉を聞いて、千絵さんは愕然とした。

まるで、先生のことを知っていたかのようだ。

「じゃあ、部長は⁉　二部の部長の名前は、もちろん知っとるじゃろ⁉」

『乾　善景《よしかげ》。今は、都立感染症研究所で……所長を』

「どういうことね……これ、時間軸がおかしいじゃろう……」

『乾クンを、ご存じなのですか？』

手にしたホットミルクのカップを眺めたまま、千絵さんが止まっていた。

それは今まで信じていたものが、崩れ落ちた瞬間だったのかもしれない。

「乾先生も、新見『先生』も……よう知っとるよね」

『俺も？』

「ウチが大学の小児科へ入局した時の医局長は昔……その乾先生と新見先生の下で、流動研究員をしとったんよね」

『……それは、岡崎《おかざき》クンのことでは？』

「ゲノムプロジェクトも終わったのに……おかしなことを言う先生じゃと思うたけど」

『では、研究の概要はご存じですね』

「……ブランク・コドンには意味がある。人間社会でうまく立ち回れずに浮いとる子どもらには、発達心理や高次の認知機能のバラつき、不適切な養育環境だけでは説明できん理由が、そこにあるかもしれん。何回《なんべん》も聞かされたけえ、覚えたよね」

それ以上、千絵さんはなにも言わなくなってしまった。

突きつけられた現実を、必死に理解しようとしているのは分かる。

でもそれはあくまで「あやかし」という存在を肯定しないと成り立たない。

『文明の光からその姿を隠すため、あやかしの子どもたちは「ある生薬」を飲んでブランク・コドンから発現するあやかし物質を阻害しています。ですが今、その生薬受容体《レセプター》に特異的に作用する感染症が――』

辛さに耐えながら、テンゴ先生は千絵さんに現状を「医学的に」説明し続けた。

現実的で理知的な医師であるからこそ、聞けば聞くだけ納得せざるを得ない。

そしてブランク・コドンについて知っていたこと、さらには千絵さんが小児科の先生だったことは、まさに縁《えにし》ではないだろうか。

「ちょっと、待ってくれんかね。ウチはまず、あんたが『あの』新見先生じゃいうことから飲み込まにゃならんのよ……そこから一気に妖怪じゃの、疱瘡神じゃの言われても」

『残念ですが、我々には時間がない……こちらを観てもらえますか』

モニターからの光が変わり、音声が増えた。

千絵さんの説得は次の段階に進み、別のカメラが繋がれたのだ。

『ほら、さぁちゃん。先生にご挨拶して』

『てんごセンセー、こんばんわ』

予定では画面に、勇気をもって賛同してくれた患者さんの家庭が映っているはず。

聞き覚えのあるその声は、たぶん「すねこすり」の香川《かがわ》さん親子――ということは、お母さんがハーフで佐彩《さあや》ちゃんはクォーターだ。

「母娘そろって……ともかく、子どもにまでそうよな格好をさせるのは止めんさい」

『ねぇ、パパ。この人は？』

『佐彩を治してくれる、広島のお医者さんだよ』

どうやらそこには、お父さんも居られたようで。

画面から目を離せなくなったまま、千絵先生の動揺は激しくなるばかりだ。

「……お父さんは、コスプレせんの？」

『初めまして。広目天様なのですね？』

その言葉を聞いて、さらに動揺が激しくなった。

「待って……ほんま、ちょっと待ってくれんかね……」

『あなた様が顕現されるのを、心からお待ちしております。どうか、私どもを』

「ちょっと、待ちんさいって……どういうこと？　あなた、お父さんなんじゃろ？」

もちろん佐彩ちゃんのお父さんはヒトの姿だろうし、実際に普通のヒトだ。

あやかしとヒトの異類婚が生んだ、新しい家族の形——きっと千絵さんは、その非日常的な家族構成に思考が追いつかないのだ。

『新見先生からお話をいただきまして……私たち家族が広目天様の顕現に役立つならと、妻と娘の姿をお見せしようと決めました』

「……じゃけぇ、ウチはただの小児科医で」

『疱瘡神のバラ撒いた感染症のせいで佐彩はヒトの姿に戻れず、もう1週間も保育園に行けていません。妻もこの姿なので、職場にも診断書を提出したのですが……残念ながら先日、解雇されてしまいました』

千絵さんはカバンから何かの錠剤を取り出し、今まで口も付けなかったホットミルクで一気に流し込むように飲んだ。

メガネを外してこめかみを押さえているところを見ると、頭痛が酷いのかもしれない。

「ほんまに悪いんじゃやけど、どうにもしてあげられんのよ……もしこれが全部ほんまの話じゃとしても、ウチには何もできやせんのよね」

『お願いです、広目天様。これはもう、江戸川町のあやかしだけの問題ではなく』

「じゃけえ、この前から聞いとるじゃないね――」

千絵さんは混乱しながらも、なんとか理知的でいようとしている。

問題解決型のヒトたちは、どんな状況下でも必要なことを遂行しようとするのだ。

「――ウチはどうやったら、その広目天とやらが出せるんね」

そこでモニターからの訴えもテンゴ先生の声も途絶え、倉庫には静寂だけが残った。

ここまで千絵さんが理解して、なんとか受け入れよう、なんとか理解しようとしても、肝心の広目天を顕現させる「トリガー」になっていない。

「八田さん……」

「御迷惑をおかけして心苦しいですが、致し方ありません。あの方をお呼びするしか」

もう二度と失敗は許されないので、最後の手段は準備してある。

千絵さんが研修医時代にお世話になった指導医の先生が、実はあやかしさんだった。

けど千絵さんが、その人の姿を見ても信じなかった時。

下手をすると、その先生は病院の中で立場が危うくなってしまう。

だから、なるべくその段階には進みたくなかったのだけど。

「仕方ありませんね。では」

「待って――ゲフッ、ゴフッ――ください、七木田さん」

振り返った倉庫の暗闇から姿を現したのは、この場所に居るはずのない人物。

それは激しく咳き込みながら、右腕と顔に包帯を巻いた富広だった。

「え……？　ここで、なにしてるんですか？」

どうしてここに富広が居るのか、誰も分からない。

千絵さんと気まずくなった富広に、これ以上の迷惑をかけたくなかったというのに。

「那義!?　どうしたんね、その包帯は！」

手にしていたカップを放り捨て、千絵さんは慌てて富広に駆け寄った。

「ケフッ――千絵。大丈夫――ヒュッ――だから、慌てないで」

「火傷《やけど》したんね！　油……薬品!?　吸い込んだ!?　ちょっと診せてみんさい！」

「いや、千絵――」

状態を把握しようと包帯に手をかけた千絵さんを、富広は穏やかに止めた。

乱れたオールバックと自慢のピアスだけでなく、その端整な顔も今は包帯の下に隠れて見えなくなり、辛うじて残っているのは左目だけ。

おそらく体は、右腕から徐々に進んでいるのだと思う。

つまり、富広も八丈のバラ撒いた何かに感染してしまったのだ。

「――その前に、聞いて欲しいことがあるんだ」

「今は聞かんよ。まず、診る方が先に決まっとるじゃろう。これ、いつやったんね」

「この包帯を取ったら、おれと別れなきゃならなくなるぞ」

「ええよ、それで」

「千絵……」

「これで別れるんなら、またよりを戻したらええだけよね。それより、こんな広範囲の火傷から敗血症《はいけつしょう》にでもなったら、あんた死ぬんよ？」

即座に優先順位を付け、別れるなんて言葉で戸惑ったりしない。

やり直しの利くことと、取り返しのつかないことを判断する速さ。

迷うことなく包帯を外していく千絵さんを、あたしは心から尊敬した。

そして自らの姿を見せることで、広目天を顕現させる――つまり千絵さんに対する「トリガー」になることを決意した富広を尊敬した。

「と、富広さん……？」

「いいんです、七木田さん。おれ……あやかしクリニックで、八丈に触られたんですよ」

そう言って富広は、人差し指でおでこを軽く叩いた。

「うちで？」

「それからしばらく――ゴフッ、ゴフンッ――して、何となくノドが痛いなとは思っていたんですけど……だんだん咳が強くなってきて、ついに――ケハッ――昨日あたりから」

「那義。ちょっと、黙っとりんさ――」

右腕の包帯をほとんど外し終わった時、千絵さんの動きが止まった。

それは千絵さんにとって、あまりにも衝撃的な光景すぎた。

「――なんね、これは」

「だから、千絵。これは火傷じゃないんだよ」

「獣皮様母斑《じゅうひようぼはん》……成人発症？　骨変形《こつへんけい》？　こんな急性増悪《ぞうあく》って、ある……？」

実際にある疾患を鑑別診断に挙げて、その症状と照らし合わせているのだろう。

それがどういう病気か知らないけど、千絵さんが「獣皮」と表現したのは適切だった。

ただし富広の右腕は肩から手の甲まで獣毛に覆われただけではなく、ヒトとしての形も失って歪《いびつ》に変形している。

「おれ……富単那っていう、人ならざる存在《もの》のクォーターなんだ」

膝から崩れ落ちた千絵さんが倒れないように支えながら、富広も腰を落とした。

そして千絵さんの目の前に包帯を巻かれた顔を近づけると、富広は迷わずそれを取った。

「那義……あんた、なんで……こんな」

左目の周囲だけ人肌とその形を残し、他は俗悪で獣じみていた。

悪鬼、悪霊、吸血鬼——そのどれとも言えず、ただ醜いとしか表現できない。

「千絵。なにか背中から……背後から、出て来る感じはある？」

「……那義ッ！」

ためらうことなく、千絵さんは半獣となった富広を抱きしめて頰をすり寄せた。

「おいおい。感染症患者に——ゴッホ、ゲッホ——むやみに触っちゃ」

「これの致死率は⁉」

「え……これって？」

「富単那か何か知らんけど、そんなことはどうでもええ！　今のウチには鑑別診断が挙がらんのよ！　じゃけえ、これは死ぬもんなんかって聞いとるんよね！」

半獣の姿となった富広を見ても、千絵さんの優先順位は変わらない。

まだヒトの形を残している左腕で、富広が優しく千絵さんの髪を撫でていた。

「死ぬわけないだろ？　おれは千絵の守護霊、広目天に使役されてるんだぜ？」

「……本当《ほんま》に、死なんのじゃね？」

「おれが千絵に、嘘ついたことあるか？　ただ、まぁ……こんな姿を見られたら、もう」

「ええよ、富単那でも何でも」

その千絵さんの言葉を、あたしは聞いたことがある。

それはヒトである柚口刑事が、猩々である奥さんの夏蓮さんに告げた言葉と似ている。


——いいよ、妖怪《あやかし》でも。


やはり、愛情の形に境界線はないのだと思う。

まだヒトの形を残した富広の左目が、優しくも真剣な眼差しに変わっていく。

「千絵……それ、マジで言ってんの？」

「目の前で起こっとることを認められんようになったら、ウチは医者を辞める」

「あり得ないことが起こっても？」

「起こった時点で、それはあり得とる」

「ふふっ、さすが千絵だなぁ。けどおれ、この姿だぞ？」

「中身が那義なら、ウチは……なんでもええ」

「さすがに中身は、変えたくても変えられないいんじゃないかなぁ」

「何でも知っとる気になっとった、ウチがバカじゃったよ……こういうことが存在するいうのは、ずいぶん昔から……気づいとった、ことじゃった……のに」

富広に抱きしめられた千絵さんの声が、涙で震え始めた時。

「熱《あつ》――ッ！」

なんであたしの背中が熱いわけ⁉

待ちなさいよ、なんであんたが出て来ようとするの！

しかも最近、フツーにスルッと出てたクセに！


『なんで昔っから――おまえは、いつもそうかァッ！』


このところ立て続けに、イジられキャラ扱いになっていた鬱憤《うっぷん》からだろうか。

大きな物質が体から離れたかと思うと、いつもの見慣れたアイツが隣で激怒していた。

太い眉は釣り上がってるわ、眉間に溝みたいなシワが寄ってるわで、千絵さんの座っていたイスに片足を乗せて宝棒をかざしている。

「あんたそれ、テンゴ先生の代わりだと思って踏んでないでしょうね」

『あぁ？　今それ、問題かァ⁉』

「だいたい、なんであんたが出て来たの。誰に対してそんなに怒ってるわけ？　ふたりともあんたの姿を見るのは初めてなんだから、威嚇してどうすんのよ」
『これが怒らずにおられようかァ！』
「だから、誰に何を怒ってんのか答えなさいってば！」
あっ、富広と千絵さんがフリーズしてる。
えっ、なんであたしの方を見てるワケ？
毘沙門天よりあたしの方に引くとか、おかしくない⁉
そんなことはお構いなしに、毘沙門天はドスドスと大股で千絵さんに近づいていった。
「ちょっと！　まさか、千絵さんから強引に――」
『出て来いやァ！』
――広目天を引きずり出した。
千絵さんの首を掴んだように見えた直後、力一杯うしろに何かを引っぺがし。
ドゥルンッ――と姿を現した、もう一体の仏。
近眼なのにメガネもコンタクトも忘れてしまって、必死で目を細めているのだろうか。
毘沙門天とは別の感じで目つきの悪い、ムスッと不機嫌そうな雰囲気を満載している。
それが、広目天の第一印象だった。
『なにすんだよ、ヴァイくん』
気弱か。

ヴァイくんって誰よ、なんでそんなに小声なのよ。
芦萱先生んとこの増長天は、なんかファンクな仏だったし。
同じ四天王でも、そんなにキャラが違うモンなの？
『なにすんだじゃねェよ！　おまえ、衆生《しゅじょう》に近いだか何だか知らねェけどよォ……この
ふたりの感動的な姿を見ても、出て来ようと思わなかったのかッ！』
『もー。出るタイミングを、見計らってたところだったのにぃ』
『ウソつけ！』
へぇ、毘沙門天って広目天に肩パンチ入れてもいいんだ。
ていうか広目天だって仏なんだから、嘘ついたり言い訳したりしないでしょ。
「ねぇ、待ちなさいよ。気が短すぎる、あんたに問題があるんじゃないの？」
『ハア⁉　おまえだって内心、焦ってただろうが』
「だったらさっさと出て来て、広目天を引っぱり出せば良かったじゃん」
『なッ――おま、役割分担ってあるだろ？』
左手に巻物、右手には筆を持ち、ちょっと目つきは悪いけど。
すぐに宝棒を振り回すウチのヤツより、広目天は礼儀正しそうだ。
『キミがヴァイくんを背負ってる、亜月さん？』
「あ、初めまして。七木田亜月です」

『知ってるよ。だって、なんでもお見通しの千里眼を持ってるからね』

ちょっと自慢げで、イラッとするなぁ。

見えてたのなら、なんで出て来なかったのよ。

『ほらな、見えてないワケねぇよなァ？　だったら、さっさと出て来いや！』

あーダメだ、あたしもコイツと似たようなこと考えてるわ。

どっちがどっちに似てるんだか。

「もういいってば。千絵さんと富広は初対面なんだから、とりあえず挨拶しなさいって」

薄暗い倉庫の中で抱き合ったままへたり込んでいたふたりに、四天王である仏たちは並んでキチンと挨拶——する前にモメていた。

『おまえ、立ち位置こっちだろ』

『お堂じゃないから、左右がわかんないよ』

「どっちでもいいから！　早くしなさいって！」

なんで毘沙門天が舌打ちするのよ、ガラの悪い。

広目天は、なにを巻物に書き込んでるのかな？

『あー、姿を見せるのは初めてだな。四天王の毘沙門天と』

『同じく広目天です』

『で、こいつが背負ってる亜月。ちなみに彼氏はさっき映ってた新見っていう天邪鬼のクォーターだけど、別に日頃から踏んづけてるワケじゃねぇから』

『こっちの富広くんも富単那のクォーターだけど、別にもう使役してるって関係じゃないから、千絵さんは今まで通りに仲良くしてくれればいいかな』

そう言われても、さすがに富広はかしこまって頭を下げているけど。

今まで唖然として言葉を失っていた千絵さんは、なんとか口を開くことができた。

「……これ、仏像？　動いて、しゃべっとる？」

『四天王の広目天だよ？　昔から千絵さん、守護霊は意識してたでしょ』

「そんな……まさか、これがあんたの言うとった」

救いを求めるように、千絵さんの視線があたしに向けられる。

確かに今、まともな存在はあたしだけかも。

「そうです。あたしはコイツを、いつからかずっと背負っていました。同じように、千絵さ――古巻先生も」

「……千絵でええよ」

今度こそ、千絵さんとの距離は縮まっただろうか。

できれば仏を背負う者同士の、女子トークでもしてみたい。

「千絵さんも、そいつを背負っていたというワケです」

「じゃあ、ウチが昔に色々あったのは」

「きっと守護霊が広目天だったので、そういうことになったのではないかと」

「そうなんじゃね……それで最後に残ってくれたんが、那義じゃったんか」

少しだけ落ち着いたのか、千絵さんは肩の力を抜いてため息をついた。

あたしは別に昔から何かあったワケじゃなく、寺の娘だっただけですけどね。

「千絵さんには色々と御迷惑をおかけして、申し訳ありませんでした」

「ええんよ。ともかくウチは、那義さえ居《お》ってくれりゃあ……それでええ」

「ただどうしても、広目天を東京の江戸川町へ連れて行かないといけなくて」

「わかっとるよ。あの画面に映っとった新見先生も、元の姿に戻れんのじゃろ？」

テンゴ先生の姿を、あたしは直接見ていない。

ここに居る富広と同じか、それ以上の姿になっているだろう。

それでも、テンゴ先生への想いは変わらない自信がある。

万が一、先生の姿が元に戻らなかったら——あたしは天邪鬼の姿になった先生と一緒に、どこか人里離れた山奥で一生暮らしてもいい。

「テンゴ先生だけの問題ではありません。感染の拡大を防ぐため、もしかすると江戸川町を含む区の南半分に『あやかしロックダウン』が発令されるかもしれないのです」

「……緊急事態宣言ですら、もうこりごりじゃいうのに」

「しかも疱瘡神の八丈は、広目天を連れて来ないと『最終攻撃』を仕掛けると」

「これ以上、なにをする言うんね」

「サイトカイン・ストーム？　とかいうのを、強制誘導すると」

それを聞いた千絵さんの顔色が、一瞬で青ざめていった。

「そいつ、本当《ほんま》に『サイトカイン・ストーム』言うた？」

「はい。それって、どういう」

「どうもこうも、ありゃあせんよね。どんなに些細な——鼻カゼみとうな感染症に罹っても、脳炎、脳症、髄膜炎から多臓器不全まで、死に至る危険な状態になるよ」

「ええっ⁉」

それを聞いて、八丈の言葉を思い出した。

——お互い、全部終わりにしようじゃねぇか。

終わりにするとは、そういうことだったのだ。

「こうしちゃあ、おられんよ。早速ウチも広目天を連れて、今から東京へ」

『千絵さん、東京には行っちゃダメだよ？』

まさかの言葉が、広目天から告げられた。

それを聞いたあたしと千絵さんだけではなく、毘沙門天まで渋い顔をしている。

『おいおい、なに言い出してんだよ。1300年前に疱瘡神を封じ込めたの、おまえだろ？　今度もチャチャッとやってくれりゃあ』

『ヴァイくん。既に全ては因果律の中にあるんだよ？　それぐらい、見えてるでしょ？』

『おまえほど見えてねェけど……それにしたって』

『広目天とは戦う仏にあらず、教えをもってその守護神となる』

『そんなの聞き飽きたわ』

『それに、広目天が「西」から離れられると思ってるの？』

『いやまぁ……それを言っちゃあ』

『だいたい、なんでヴァイくんは「北」から離れて東京なんかに居るの』

『……そんなの、知らねえよ。背負ってる亜月に聞けって』

因果律も、広目天の教えも、なんであたしが東京に居るのかも。

そんなの、あたしの知ったことじゃない。

全部が出そろった今になって助けに来ないなんて、仏として許されるものじゃない。

「あんたが行かん言うても、ウチは行くよ」

代弁してくれたのは、千絵さんだった。

毅然としたその態度と表情には、もう畏れの色はない。

それでも広目天は、頑《かたくな》に行かないと突っぱねた。

『だから、ダメなんだって』

「なにを言うても、ウチがあんたを背負っとることを忘れんさんなよ」

『もう、ヴァイくんも何か言いなよ。いつも好き放題に勝手なことばっかりしてるけど、そろそろ「上の方」たちが黙ってないかもよ？』

『げっ⁉　いや、それは……ちょっと』

急に勢いをなくして煮え切らなくなった毘沙門天と、意地でも来ないつもりの広目天。

仏には仏の上下関係があるのも、なんとなくわかるけど。

サイトカイン・ストームがどういうモノかだって、知った上で言ってるんでしょ？

なにこれ、無性にハラが立ってガマンできないんだけど。

「あんたらねぇ――いい加減にしなさいよ！」

『あ、亜月……だから「上の方」たちも黙ってないかもって』

「そんなこと知るもんか！」

『だから、落ち着け？　広目天も「行かない」だけで、助けないとは言ってないだろ？』

「ハァ⁉　じゃあこのしかめっ面した近眼の意地っぱりが、なにしてくれるワケ⁉」

『広目天は近眼じゃねェし』

『まぁまぁ、ヴァイくん。衆生を救うって、こういうことだから』

それには千絵さんもカチンときたのか、広目天に向かって激しく噛みついた。

「なんね、それ！　どういうことか、背負っとるウチにもキチンと説明してみんさい！　それによっちゃあ、簀《す》巻《ま》きにして広島港に沈めてやるけえね！」

『……千絵さん、ヴァイくんとこの亜月さんに影響されすぎじゃない？』

「ウチは昔から、基本的にこういう女よね！」

渋い顔をしながら広目天が差し出したのは、両手に持つ巻物と筆ではなかった。

『この三鈷杵《さんこしょ》、持って行けば済む話だから』

手渡されたのは、ダンベルみたいだけど両端が三つ叉《また》に割れたフォークというか、閉じた3本の鉤爪《かぎづめ》というか。

それがなんとなく、ありがたそうに——言ってみれば使えそうに見えたのは、金色に輝いていたからかもしれない。

「なにこれ」

毘沙門天を見ても、シレッとした顔で答える気はなさそうで。

挙げ句に広目天まで、三鈷杵とやらの説明をする気はないようだった。

『疱瘡神はね、人の畏怖と疑懼《ぎく》が作り出した仮初めの姿なの。かつてはどこにでも在り、今はどこにも無い存在。それは当時から分かっていたことだから、封じ込めたんじゃなくて「その時」が来るまで「在るべき場所」を与えただけなの』

「は？　もっと、わかりやすく言えないの？」

『……え？』

「エラい人ってね。難しいことも、すごくわかりやすい言葉で説明してくれるの。あたし最近、それに気づいたんだよね」

『ヴァイくん……よくこれに耐えてるね』

『まぁ、慣れるモンだ……』

「ちょっと。あんただってホントは広目天の言ってる意味、わかってないんでしょ？」

『なっ――バカヤロウ！　なんでも人に聞かず、考えろってことだよ！』

「はいはい、わかりました。含蓄ありそうに言った『謎解き』みたいなヤツの意味を、江戸川町へ帰るまでに考えればいいんでしょ。もしこの金ぴか道具で解決しなかったら、戻って来てあたしが広目天を簀巻きにして広島港に沈めるからね」

『おまえ……ホント、仏の有り難さを全否定してくるよな』

広目天の言う「既に全ては因果律の中にある」ってヤツ、信じるからね。

千絵さんが背負ってる仏だから、信じるんだからね。

▽　▽　▽

広目天を顕現させて、ようやくホッとひと息ついていたのに。

そのことを仙北さんや江戸川町のみんなに伝えたら、なぜか事態は悪化してしまい。

始発の新幹線で東京へ帰るつもりだったのに、それでも間に合いそうになくなった。

「だからって、八田さん……まさか、プライベートジェット機とは」

しかも広島空港ではなく、なぜか隣の山口県にある岩国錦帯橋《いわくにきんたいきょう》空港に来ている。

水平線に陽が昇ると同時に、あたしはまず広島港からジェットフォイル《高速船》に乗せられ、瀬戸内海を時速80㎞で一直線に突っ走った。

「空港まで、陸路では時間がかかります。古い知人に頼みましたので、ご安心を」

確かに海なら、ほぼ直線距離で済むとはいえ。

着いたらなぜかターミナルで手続きもせず、今はいきなり滑走路の横を歩いている。

八田さんの隣には空港職員さんではなく、軍服を着た外国人さんがいるし。

「……ここって実は、なにかの基地じゃないですか？」

「岩国錦帯橋空港――通称、岩国基地。ここは海上自衛隊、アメリカ海兵隊《USMC》、そして民間航空が共同で使用しておりますので」

だよね、来る途中で軍服を着てる人をいっぱい見たもの。

ていうか八田さんの知人って、たぶんこのヒゲ軍人さんだと思う。

よくわからない英語で、めちゃくちゃ楽しそうに談笑していたし。

「Thank you, Black Beard. See you later」

「Have a nice trip, Night Crow」

がっしり八田さんと握手してハグしたあと、親指を立てた軍人さんに見送られながら。

映画で観たことのある白い小型ジェット機に、タラップを踏んで乗り込んだ。

機内はジャンボ機とはぜんぜん違い、空間は狭いのに白の革張りシングルシートだし、床に敷かれた絨毯の質感まで違う。

「うわぁ……ホントにプライベート感、満載ですね」

「このC－21A。厳密にはプライベートではなく、軍が運用しているのですが」

「軍って⁉」

「すぐに離陸いたしますので、ご着席のうえシートベルトを」

確かに、そんなことに驚いている暇はない。

広目天が顕現して三鈷杵を手渡されたことを知ったあやかし医師会は、深夜にもかかわらず臨時の理事会を即時に開き、満場一致で「あやかしロックダウン」を決議したのだ。

その目的は、絶対に八丈を江戸川町周辺エリアから出さないこと。

しかも開始は今日の日の出からで、つまりもう始まっているのだ。

この強硬手段を勇み足で実施した理由は、区議会議員のあやかしさんが八丈の変異させた溶連菌で扁桃腺炎になってしまい、あやかしの姿から戻らなくて病欠したことだった。

これ以上の感染拡大が続けば、官公庁の要職に就いているあやかしさんたちの存在を、世に知らせてしまうかもしれない――つまりこの「あやかしロックダウン」は、今日中にでも八丈との決着をつけてくれという、あやかし医師会からのメッセージでもあるのだ。

けど決めるだけ決めたら後は他人《ひと》に丸投げするのって、ホントどうかと思うよ。

明日と他人に期待しちゃダメだって、そういう意味でも大事なことだわ。

「結局あやかし医師会は、どこまでロックダウンの指示を出したんですか」

「当初の予定通り、北は都営新宿線、南は首都高湾岸線、東西は旧江戸川と荒川。地図で見ると、まさに『四角四境祭』の様相で区の南半分を封じております」

「それ、完全にやりすぎ――くぁっ⁉」

ジェットエンジンが、甲高い音から重低音に変わり。

急激な加速と共に上昇して、気づけば空の大急ぎな旅が始まっていた。

「ご気分は、大丈夫でございますか？」

「だ、大丈夫です……問題ない、です」

「急がねばなりませぬゆえ、ご容赦ください」

そしてもうひとつ急いでいる理由は、またテレビ局が取材をしていること。

前に翔人さんは、複数のテレビ局に取りあげられたら止めようがないと言っていた。

そのテレビ局のクルーが、複数のワゴン車で移動しているという情報があったのだ。

「……ホントにこれだけで、解決できるんですかね」

例の両端が閉じたフォークのようになったダンベル――よりは重くないけど、わりとかさばって邪魔な三鈷杵を、カバンから取り出して眺めてみた。

「三鈷杵は広目天様の三昧耶形《さまやぎょう》、つまり仏を象徴する物でございます。それを自ら渡されたのですから、必ずやその意味があるはずかと」

「八丈が閉じ込められてた石像、今どこにあるか分かりました？」

「連絡待ちでございます」

これを受け取ったあと、あのバカ仏像たちは本当に何の説明もせずに消えてしまい。

仕方ないので寝る時間を削ったというか、みんなほとんど寝ないで考えた。


――疱瘡神は、人の畏怖と疑懼が作り出した仮初めの姿。


天然痘が普通に存在した当時だから存在できた、刹那的な者という意味だろうけど。

これは他のあやかしたちも同じことで、前にテンゴ先生が言っていたことを思い出す。

あやかしの起始点は、すべて人間の念。

人間の意思や思惑がある限り、いつの時代にも存在している。

逆に言えば天然痘が撲滅された現在、それに対する人間の意思や思惑はほぼ存在しない。

つまり、八丈には居場所がないということになる。

——かつてはどこにでも在り、今はどこにも無い存在。


それはこの言葉にも表れていて、天然痘ウィルスは現在ではアメリカ疾病予防管理センター《CDC》と、ロシア国立ウィルス学・生物工学研究センター《VECTOR》、あとは数国がこっそり持っているか、人工合成している程度しか存在しないらしい。

でもこれは発症がないという意味で、「天然痘」自体はどこにも無い存在ではない。

そうするとやはり、「八丈」にとっての居場所がないという意味ではないか。

というのが、みんなの結論だった。


——そうなることを知っていたから、その時が来るまで、在るべき場所を与えた。


では「その時」というのは八丈が姿を現した今のことで間違いないとしても、在るべき「場所」の解釈はどうすればいいだろうか。

簡単に考えるなら、封じ込められて地中に埋もれていたあの「石像の中」だろうけど。

千里眼で先のことまで見通している広目天があえて「場所」という言葉を使ったのなら、それは「江戸川町」という可能性はないのか、という疑問が残った。

要約すると広目天は「疱瘡神の八丈には将来的に居場所がなくなることを当時から知っていたので、江戸川町で目覚めるように石像へ封じ込めておいた」と言ったことになる。

なにそれ、ふざけてんの？

八丈を滅するのはちょっとアレだから、未来の江戸川町でヨロシクって感じ？

あの筆ペン仏も、明日と他人に期待しすぎだと思う。

他のヒントは出土した石像しかないということになり、現在捜索中。

素直に、区の郷土資料館で保存しておいてくれたら良かったのに――まぁ、デカいよね。

「亜月様。あと少しで羽田への着陸態勢に入りますが」

「えっ、もう⁉」

「国内線の飛行時間は、離陸と着陸がほとんどでございます。少しばかりではございますが、三鈷杵の使い方の確認をしておいた方がよろしいかと」

「えーっと、身口意《しんくい》でしたっけ……あれ、めんどくさいんだよなぁ」

行い、言葉、心の動きの３つをまとめて「身口意」と言うらしく。

祈る者の身口意は「三業《さんごう》」と呼ばれ、仏の身口意は「三密《さんみつ》」と呼ばれるらしい。

あたしは背中に毘沙門天を背負ってるので三密の方でいいらしいけど、まさかあれだけ連呼された三密という造語に、本来はこういう意味があったなんて。

要はこの広目天の象徴物である三鈷杵自体が三密に通じることを表すお守りのようなも

のだから、あたしが身口意をしないことには使い物にならないだろうという予想だった。
その身口意——つまり三密は、さらに激しくめんどくさい。

行い＝「身密《しんみつ》」＝印相《いんそう》を結ぶこと
言葉＝「口密《くみつ》」＝真言《しんごん》を唱えること
心の動き＝「意密《いみつ》」＝心を仏の境地に置くこと

だいたい専門用語が多すぎなのと、ひとつひとつが複雑すぎ。

たとえば「行い」は指で印相を結べばいいだけなのに、毘沙門天の印相がこれまた。

「痛たたたたた——ッ！」

「亜月様。組むのは薬指と小指で、人差し指と中指は」

「つる、指がつる！」

「そこは、親指を重ねて」

「八田さん、撮って撮って！　これ、スマホで撮っておいて！」

「かしこまりました……中指はもっと、輪のように」

「早ァァァ——ッく！」

ハイ次、急いでますから「口密」に行きましょう。

これは毘沙門天の真言を唱えるだけの、簡単なお仕事ですね。

「えーっと、たしか……オン、ベイ……シラカバ、ソウカ？」

「オンベイシラマンダヤソワカ、でございます」

「あー。それです、それ。もう1回、言ってもらえます？」

「……まさか、わたくしを録音して使われるおつもりでは？」

「着くまでに聞いて覚えるの。ほら、寝ながら学習的なヤツもあるじゃない」

「もうすでに、滑走路が見えておりますので……シートベルトの着用を」

「早《はや》っ!? どうしよう、まだ」

最後の「意密」を練習する前に機体は傾き、窓の外には海と羽田空港が見えていた。

とはいえこの意密、どうやって実行すればいいのかすら分からない。

だって「心を仏の境地に置くこと」だよ？

そんなのムリムリ、全然ムリだね。

だからいろいろ考えた結果、とりあえず「心に曼荼羅《まんだら》を想い描く」のはどうか、という結論になったのだけど。

曼荼羅の画像をググッたら、めちゃくちゃ複雑な絵が出て来た。

あんなの、どうやって心にイメージす――。

「――るぁッ！」

着陸の衝撃で、危うく舌を噛むところだった。

小さい丸窓の外にはもうすでに滑走路が流れているけど、激混みの羽田空港にしてはスルスルとジャンボジェットの待機列を避け、格納庫みたいな所へと向かっている。

「八田さん。最後の意密、どうすれば」

しばしお待ちをと手をかざし、八田さんは真剣な顔で誰かと連絡を取っていた。

「仙北様からでございました。大変申し訳ございませんが、先に指示を出させて」

「どうぞ、どうぞ。そっちを優先でお願いします」

ゆっくりとジェットエンジンの回転が止まっても、今度はインカムで連絡している。

それでもあたしの荷物を持ち、バシュッと開いたドアから伸びたタラップをゆっくり降りるよう、手振りで教えてくれた。

「わたしだ。船堀《ふなぼり》、一之江《いちのえ》、葛西臨海公園《かさいりんかいこうえん》の駅前に、私服の四人一組《フォーマンセル》を2チームずつ目立たないように回せ――そうだ、Aチーム全員だ。道路網は江戸川警察署に任せるが、応援要請が来たらそちらにも回せるよう、Bチームもスタンバイしておけ」

「ちょ……なにが起こってるんですか？」

ようやくインカムを切った八田さんは、荷物を持って足早に格納庫へと向かっている。

どうやらまたターミナルは通らないらしく、滑走路脇に用意されていたアメリカの要人を運ぶような黒塗りの車《SUV》のドアを開けてから、ようやく説明をしてくれた。

「都営新宿線の船堀と一之江の間が、設備点検という名目で通行止めになりました。京葉線の葛西臨海公園駅も同様で、こちらは線路内立ち入りのようでございます」

「うっそ！　今、思いっきり通勤時間ですよ⁉」

「あやかしロックダウンの、ごく一部でございましょう」

「いやいや！　通勤できなくなってるの、あやかしさんだけじゃないですよね⁉」

急いで車に乗り込むと、走り出した車内に広げた地図で説明を続けられた。

「こちらを御覧ください。仙北様からのお話では、道路交通網もニセの事故処理や信号機故障などで、交通規制をかけられているようでございます。ここと、ここ……それから、ここまで、玉突きで大渋滞を起こしております」

八田さんが赤ペンでなぞった場所はすべて、ロックダウンされたエリアを東西に貫通している道路——新大橋《しんおおはし》通り、葛西橋《かさいばし》通り、清砂大橋《きよすなおおはし》通り。

あやかし医師会は、本気で江戸川町を含む区の南半分を遮断してしまったのだ。

「でも今の時代、そんなことが同時にできます？」

「わたくしどもが広島で採った方法と、同じでございますよ」

「……え？」

「江戸川町以外——特に国や都の行政で働く、あやかしたちの仕事でしょう。塗壁、キツネ、タヌキ、山彦《やまびこ》など。ヒトを惑わせるあやかしは、数多く居ますので」

「そんな……あやかしさんたちって、みんなあたしたちの味方なんじゃ」

「亜月様。今回は敵味方という、簡単な括りや線引きをするべきではございません。医師会のロックダウンに従った彼らにも仕事があり、守るべき家族がございます」

「それは、そうですけど……」

「立場が違えば価値観も違い、行いも変わる――善悪の境界線が曖昧になるのは、多様化した現代ではよくあることでございます」

「曖昧……これもテンゴ先生がよく言う『スペクトラム』なんですかね」

「どちらが正しくて、どちらが間違っているのか。それとは意味が異なりましょう」

「……そう、ですよね」

「もしかすると、こうしてわたくしども『現代に生きるあやかし』を分断させることこそ、八丈の狙いかもしれませんぞ？」

確かに、八田さんの言う通りかもしれない。

今あたしたちには「八丈を阻止する」という、共通の目標がある。

それを忘れて、お互いを非難し合っても仕方ないのだ。

「あたしたちは、どうすればいいんで――」

また八田さんに、誰かから連絡が入ったけど。

何も答えず、ただ「了解いたしました」とだけ告げてスマホを切った。

「疱瘡神の封じられていた石像が、行船《ぎょうせん》公園で見つかりました」

「うちのすぐ近くじゃないですか！」

「今、三好様がクリニックの方へ運ぶ手配をされているようです」

行船公園は葛西橋通りを挟んですぐに行ける、わりと広い公園。

江戸川町だけでなく、区の子どもたちなら一度は行ったことのある有名なスポットだ。

桜広場、噴水広場、大きめの遊具があるだけでなく、ふれあいコーナーのある自然動物園があり、池の周囲は落ち着いた和風庭園で、数寄屋《すきや》造りの庵《いおり》まである。

そんな場所にこっそり置かれていたら、知らずにみんなが触って——。

「——あれ？」

「なにか、お気づきに？」

「八丈って『天然痘』への畏怖が作り出した、あやかしですよね」

「左様で」

「じゃあ、どうやって『天然痘以外』のウィルスや細菌を変異させたんですかね」

「なるほど……いくら現代文明と科学を吸収したとはいえ、あやつ自身が異種のウィルスや細菌に、あれほど意図的な細工を施せるものか、ということでございますね？」

「それに翔人さんや駅前商店会の方たちに監視されて、あれから大道芸はしてないのに、感染症の広がり方だって速すぎませんか？　あたし前から、ぜったい誰か手伝ってる気がしてるんですけど」

「そうですか……なるほど、そういうことでございましたか……」

「え……ど、どうしました？」

それを聞いた八田さんは、顔色を変えてインカムに告げた。

「三好様でございますか⁉　八田です！　もう、石像には触れられましたか——それはなにより。では石像の取り扱いに際しては、レベルBに準じた感染防護服をご着用くださいますか」

——ええ、はい——わたくしの方から、そちらへ手配いたしますので」

「……なんか分かんないですけど、三好さんは大丈夫なんですか？」

「さすがは、亜月様。目の付け所がSHARP《シャープ》すぎて、感服いたしました」

「別に……家電は、それほど詳しくないですけど」

「ほほっ、ご謙遜を。おそらくこれで、八丈の一手を封じることができましょう」

「じゃあ、あたしたちはクリニックに戻ればいいんですね？」

「いいえ。我々は、江戸川町の駅前に向かいます」

「……駅前？」

「いよいよ亜月様の出番、というところでございましょうか」

目を糸みたいにして顔をほころばせている八田さんの考えは、あたしには分からない。

ただ八田さんがこういう表情を浮かべる時、だいたい事がうまく運ぶのを知っている。

だからきっと、あたしのやるべきことがそこにあるのだろうと確信した。

とはいえ――。

羽田から江戸川町を目指そうにも、ナビはどこも渋滞情報だらけだった。

連絡があったように、首都高は江戸川ＪＣＴからの玉突き渋滞だったので、行けるところまで行ったら一般道に降りた。

かといってその一般道も、江東区から東に向かう道路はすべて渋滞となっている。

電車に乗り換えようにも時刻が悪く、今は朝の通勤ラッシュ。

沿線の駅前はどこもソーシャル・ディスタンスが一定間隔で取られており、人で溢れかえった駅では入場規制がかけられ、通勤とは逆方向なのにホームへ入れない。

「八田さん……どうしますこれ、江戸川町駅に着けませんよ」

「くっ――陽が高いゆえ、安易に八咫烏の姿で飛ぶこともできず。やはり羽田からヘリを飛ばし、駅上空から降下すべきだったか……いや、それではあまりにも亜月様が危険」

降下ってパラシュートか何かのことですよね、スカイダイビングのことですよね。

それもう、移動手段じゃないですよね。

その時、拡声器からの大きな声が車内まで響き渡った。

『前の黒いＳＵＶの運転手さん、左に寄せて止まってください――』

と同時に、大音量で短いサイレンまで鳴らされ。

うしろを振り返ると案の定、赤い回転灯の付いた覆面パトカーに張り付かれていた。

「うぇっ！　あたしたち、何か違反しましたっけ⁉」

「いえ。しかし、どうも様子がおかしいですな……」

「まさか……あたしたちまで、江戸川町エリアに入れないつもりですかね」

「この車両に亜月様を乗せていることは連絡済み……解せませんが、ここは止まるしか」

面倒なことになったと嘆き、八田さんは誰かに連絡を入れようとしている。

「ちょ、今度は誰に何をやらせる気ですか⁉　相手は警察なんですよ！」

「八咫烏とは、正しい場所へ導くことが使命。そのためには、躊躇いが命取りになることも多く経験してまいりました」

「それ、ヤバい発想じゃないですか⁉　善悪の境界線を曖昧にしてませんか⁉」

「むっ、仰《おつしや》るとおり……ですが、亜月様……いやしかし、ぐぬぬ……」

でも車のスモークガラスを軽くノックしたのは、見知った顔だった。

「お困りですね。七木田さん、八田さん」

「あっ、柚口刑事！　待って八田さん、柚口刑事ですよ！」

窓を下げると、相変わらず髪をかき上げながら爽やかな笑顔を振りまいている。

対照的に大きく肩で息を吐きながら、八田さんは緊張を解いてインカムを切った。

「ボクも最近、ようやく署長から信用されるようになりましてね」

ニコニコしながら耳から外して見せてくれたのは、あたしたちが持っているインカム。

つまり柚口刑事も、誰かの指示であたしたちを迎えに来てくれたのだ。

「あやかしロックダウンは発令されていますけど、道路網は署内のあやかし系警察官が管理することになっています。こっちの車は捜査用なんであまりキレイじゃないですけど、規制線は楽に越えることができると思いますから」

「ありがとうございます！　助かります！」

「いやぁ。七木田さんは、夏蓮さんと朝陽の命の恩人ですから」

「けど……柚口刑事は、大丈夫なんですか？」

「なにがです？」

「その……警察って、ロックダウンで『規制する側』の立場なんじゃ」

「仕事として処理している『ヒトの警察官』は別として。署内のあやかしの間でも、今回のロックダウンは賛否両論です。けどボクは署長派、つまり七木田さん側の人間です」

ふっと笑みを浮かべて、柚口刑事はまた髪をかき上げた。

夏蓮さんを大手町からうちのクリニックまで運んだ時とは、また違ったサイレンと共に。

難なく渋滞をすり抜けながら、あたしたちは江戸川町の駅前へと急いだ。

▽　▽　▽

赤色灯を回した覆面パトカーのおかげで、なんとか江戸川町駅前まで着いたものの。

降りてみると、その光景の異常さに唖然となった。

「柚口刑事……なんですか、この人だかりは」

「入場規制のかかった江戸川町駅前に並ぶ通勤者の列、振り替え輸送のバスを待つ列、タクシーを待つ列——」

覆面パトカーを降りても、タクシー乗り場から近づけない。

もちろんソーシャル・ディスタンスなんて維持できず、それらの人々が渾然一体となって駅前を埋め尽くしている。

沿線に事故があると時々は見かける光景だったけど、これほど酷いのは初めてだった。

「——それから。七木田さんにここへ来てもらった理由は、アレです」

柚口刑事が指さした先には、ひとりだけ人混みから上半身が突き出ている男がいた。

それは異常に背が高いのではなく、何か台にでも乗っているようだった。

「あっ！　あいつ!?」

「八丈です」

久々に見た、あの片眼しか出ていない波打つロングのウルフヘアー。

黒いタキシードのボタンをはずし、その下に着た派手な赤い襟シャツが目立っている。

そして周囲を制服の警察官に取り囲まれながらも、手にした拡声器で叫び続けていた。

『この運休は、江戸川町周辺地域を封じ込めるために計画された「ロックダウン」だ！』

遠目なのでハッキリしないけど、たぶん周囲の警察官たちは輪郭が光っている。

つまり「あやかし系の警察官」なので、迂闊《うかつ》に八丈に触れて「何かに感染する」かもしれないのを恐れているのだろう。

すぐに強制連行するわけにもいかず、混乱を避けるために配置されているようだった。

「あいつ……普通のヒトがこんなにいる場所で、なんてこと叫んでくれちゃってんのよ」

「それがアイツの狙いらしいです。日頃はあんな男の叫びには耳を貸さない人たちも、この苦痛な待機列に長時間並んでいれば、嫌でも耳に入ってきます。ましてや『ロックダウン』という言葉は今でも非常にセンシティブなもので、簡単に人の注意を引いてしまいます。中にはすでに、アイツの動画を撮ってアップしている人もいるようで」

「えっ⁉」

「そっちの方は翔人さんのチームが対応されていますが、そろそろ限界だそうです」

「ど、どうしよう……」

「残念ですが、人間のボクにできることはここまで。あとはこの人混みに、なんとかソーシャル・ディスタンスを取らせる仕事に回ります――」

そう言って軽く敬礼した柚口刑事は、マスクをして人混みの中へと踏み込んでいった。

「――江戸川警察です！　申し訳ありませんが、間隔を空けて並んでください！」

この状況は隣の東江戸川町駅でも起こっているだろうし、都営新宿線や京葉線でも同じことになっているはず。

警察は道路封鎖の管理に回っているらしいので、圧倒的に人手が足りないのだ。

「お帰りなさい、毘沙門天様！」

振り返ると、マスク姿の駅前商店会の会長――百々目鬼の百瀬会長が立っていた。

たぶんその後ろにいるのは、商店会の方たちだろう。

みんな光った輪郭にマスク姿で、この人混みに入れず困っているようだった。

「みなさん、体調は大丈夫ですか？」

「商店会の半数以上が何らかの感染症に罹り、あやかしの姿が消えなくなっております」

「じゃあ、お店も開けられない状況なんですね……」

「それだけじゃありませんよ。米とトイレットペーパーの買い占めムードが広がって、スーパーはまた人手不足。全国チェーン店の居酒屋さんに、出向をお願いするかどうか」

「もう買い占め⁉　しかも、またトイレットペーパーなんですか……」

「でもね。毘沙門天様が戻って来られたんだから、ヤツの好き勝手も終わりですよ！」

「ま、待ってください。そう意気込まれても」

「それで、広目天様はどちらに？」

そんなキラキラした瞳で見つめられても、どう答えていいやら。

確かに広目天の三昧耶形である、三鈷杵は持ち帰ったけど。

肝心のあたしが、それをまだ使いこなせていない——というか、誰もはっきりとした使い方を理解していないという痛い事実がある。

「……それがですね」

そんなことはお構いなしに、八丈は駅前の群衆に向けて叫び続けている。

『スマホで確認すれば、一目瞭然！　都営新宿線や京葉線まで、車両点検や設備点検が同時に同じエリア内で起こることが、あり得るだろうか——いや、あり得ない！』

それを聞いた近くのスーツ姿のふたりが、ボソボソと囁き始めた。

「確かにおかしいよな」

「いやぁ。それぐらい、総武線でもよくあるじゃないですか」

「これ、見てみ。千葉から都心へ走ってる3路線が、どれも同時に運休だぞ？　しかもその通行止め区間、ぜんぶ旧江戸川と荒川の間ってどうよ？」

「まぁ、たまたま偶然」

「新大橋通り、葛西橋通り、清砂大橋通り、今ぜんぶ交通規制かかってんのも偶然か？」

「そうなんですか⁉」

「あの男が叫んでること、わりと嘘じゃなかったりしてな……」

「だってロックダウンなんて、日本ではやらなかったのに」

八丈の言葉に耳を傾け始める人が、だんだん増えているのは間違いない。

すぐにスマホで渋滞情報や運休情報が得られる現代、これは避けられないだろう。

「亜月様。残念ですが、一刻の猶予もございません――」

「そうは言っても」

「――報道関係の車両が荒川を越えたと、連絡が入りました」

「えぇっ⁉　交通規制は⁉」

「東西を繋ぐ主要道路だけですので、さすがに北から迂回されると……」

薄暗い早朝に広島を出る時は、まだ時間に余裕があると思っていたけど。

いざ着いてみれば、あれでもギリギリのタイミングだったのがよくわかる。

徐々に注目を集め始めた八丈の煽りは、次第に勢いを強めていった。

『では、なぜロックダウンするのか⁉ それはこの江戸川町を含む周辺地域に「新型」の感染症が広がっているからだ！ では、誰がそれを可能にしているのか⁉ このようなロックダウンは、都の行政レベルにしか施行できない！』


この「新型」という響きも、人々の不安を煽るにはふさわしい単語だろう。

それを八丈は、巧みに織り交ぜて叫んでいる。

次第に人混みがザワつき始め、明らかに動揺が広がっていくのがわかる。

「そういえばテレワーク日《デー》で家に居る時、女房が観てたテレビでも言ってたな。うちの子の小学校でも、2年生に謎の学級閉鎖クラスがあるって騒いでたし」

「えー。どうせ例の『風邪レベルに弱毒化した』ヤツのことじゃないですか？」

「いや。なにが流行って学級閉鎖になってるか、わからないんだと」

「ワイドショーなんて煽るヤツしか出ないから、怪しいモンですって」

そんな会話が広がる中、極めつきは江戸川町駅の上空をヘリが飛んでいることだった。

車両が到着できなければ空から実況するつもりでいる、テレビ局かもしれない。

「八田さん……こんなことを聞くのは、アレだと思うんですけど……この状況、あたしがどうにかできると思います？」

「もちろんでございます」

迷うことなく、八田さんは即答した。

「この、三鈷杵だけですよ？　使い方すら、イマイチ理解してないんですよ？」

うしろの商店会の方たちにも、疑いの色はない。

「毘沙門天様！　それはまさか、広目天様の!?」

「ま、まぁ……そうなんですけど」

「なるほど！　毘沙門天様が広目天様の三昧耶形を使えば、パワー倍増ですもんね！」

「いや、だから……その、使い方をまだ」

次第に人混みのザワつきと動揺が、肌で感じられるぐらい強くなっていく中。

八田さんは何かを納得したようにうなずきながら、あたしの肩にそっと手を置いた。

「御覧ください、亜月様。この状況は『密集』と『密接』ではございませんか？」

「え？」

「あとは『密閉』がそろえば」

「……三密？」

「ですが、ここは開けた場所。しかし、亜月様が手にされているそれは」

「三鈷杵……三密に通じることを表す、お守りのようなものですけど」

「つまり亜月様が『この場を閉じる』ことをもってして、三密を成す。ただしその意味は、造語の三密とはまったく別物でございますが」

「そんなの、言葉遊びじゃないですか……」

八田さんの表情にためらいはなく、インカムに向かって指示を出した。

「全部隊《オールユニット》、待機《スタンバイ》」

「待って、待って！　そ、それに！　もし超常現象みたいなのが起こったら、めちゃくちゃ人に見られてしまうんですよ!?」

「広目天様のお言葉を、お忘れですか？」

「なんか、いっぱい言われたから覚えてませんって！」

「――既に全ては因果律の中にある」

確かに、あいつはそう言った。

そして千絵さんが背負ってる仏だからこそ、あたしはそれを信じた。

だとすれば、あたしがここに居ることも必然で、なにかを成すために居るということ。

「そう……でしたね」

「これからなにが起ころうとも、この八田孝蔵《こうぞう》を含めた江戸川町のあやかしたちは、亜月様と共にあることを誓います。恐れなど捨て、どうか思いのままに」

上空のヘリは旋回を続け、江戸川町から去ろうとしない。

何時間も駅前に足止めされても無言だった人々が、不安と不満を漏らし始めている。

そして今も、八丈は声高に叫び続けている。

『我々は今まさに、新型感染症の蔓延するエリアに封じ込められているのだ！』


あたしに何ができるか分からないし、何をすればいいかも分からない。

それでもあたしは、毘沙門天を背負った女。

西を離れない広目天から、三昧耶形の三鈷杵を託された女。

そして江戸川町はあたしの居場所で、あやかしさんたちの居場所だ。

八丈がその江戸川町で目覚めた限り、あたしには何らかの役割があるに違いない。

きっとそれが、広目天の言う「因果律」に違いない。

テンゴ先生や富広、それに多くのあやかしさんたちを、放っておくことはできない。

あたしの不安なんて関係ない、あとは勇気だけだ。

「……よく分かんないまま、いきますよ？　それでもいいですね、八田さん」

「御意にございます」

「商店会の方たちも、それでいいですか？」

「もちろんです！　毘沙門天様の『喝』を入れてやってください！」

力一杯、大きく息を吸い込んで——今、あたしが思っていることを。

「――三密ですッ！」

人混みのザワつきが一瞬だけ途切れ、駅前の人たちの視線が無数に突き刺さってきた。

それでも、やれるだけのことはやってやろうじゃない。

これが毘沙門天を背負った、あたしの身口意――ホンモノの三密をよく見てなさいよ。

「身密――ッ！」

指がつるほど両手で毘沙門天の印相を結び、空に向けて高々と掲げた。

ばくんと一拍心臓が大きく血液を吐き出すと、一気に血液が体中を駆け巡る。

デマも、買い占めも、転売も、誹謗中傷も、ロックダウンも。

暗闇に鬼を見出して怯える何もかもを、あたしは許せない。

「口密――ッ！」

すると背中から、ぼうっと毘沙門天が揺らぎ出て来るのを感じた。

『亜月、忘れてんじゃねェぞ。オンベイシラマンダヤソワカだ――Ｓａｙ《セイ》』

覚え切れていなかった真言を、珍しくアイツがフォローしてくれた。

「オン、ベイシラ、マンダヤ――ソワカァァァッ！」

全力で叫んでやると、カバンの中に入れていた三鈷杵が金色に輝き始めた。

まるで自らを手に取れと、あたしに訴えているようだ。

「い――意、密……？」

まぶしいばかりの三鈷杵を手に取って、改めて思い出した。

あたしはまだ、意密――つまり、心を仏の境地に置くという意味を理解していない。

たとえそれが、心に曼荼羅を思い描くことだとしても。

あんな複雑な図柄を、心で正確に想像できるはずがない。

「い、い……みつ……とは」

あたしに向けられていた無数の視線が嫌悪の色に変わり、やれやれと逸れ始めた時。

耳元で、聞き覚えのある懐かしい声が囁いた。


『亜月。曼荼羅とは真円――欠けることなく完全に終わる、大団円のことだよ』


振り返ったそこには、和服姿の男が立っていた。

小袖と羽織りを着流して、ハーフアップで後ろに束ねた長髪が風になびいている。

「し……嵩生兄ちゃん!?」

『ほら。三鈷杵を持って、竹刀のように構えてごらん』

今はこちら側にいないはずの嵩生兄ちゃんが、そこにいた。

そして後ろから包み込むように、あたしの両手に手を添えてくれる。

「嵩生、兄ちゃん……」

『剣道は円。東北の剣道部に伝わる「水平切り返し」を、アイツに見せてやろう』

添えられた手はなぜか温かく、優しく包んだまま三鈷杵を竹刀に見立てて振り上げた。

そしてヒュンヒュン、ヒュンヒュン――と手首と腕をしならせて、頭上に円を描く。

「嵩生兄ちゃん……ありがとう、嵩生兄ちゃん……」

『こら、亜月。ちゃんと唱えないと、ダメじゃないか』

「あ……い、意密――ッ！」

それに合わせてもう一度、嵩生兄ちゃんは頭上に綺麗な円を描かせてくれた。

すると閉じたフォークの先みたいだった三鈷杵の両端が、派手な音を立てて一体化した。

『これが独鈷杵《とっこしょ》。身口意である三密が成され、祈る者と仏が一体になれた証だ。あとは、亜月の好きなように使えばいいと思うよ』

「ねぇ、嵩生兄ちゃ――」

振り返ると、そこにはもう誰もいなかった。

着流した小袖と羽織も、ハーフアップに束ねたロングヘアもない。

でも残された優しい匂いだけは、確かに嵩生兄ちゃんがここに存在していた証拠だ。

「あ、亜月様……今のは、確か」

「いいんです、八田さん。それより今は、先にやるべきことがあるので」

また戻って来て欲しくて泣きそうになったけど、なんとか耐えることができた。

泣きたければ、あとでいくらでも泣く時間はある。

「ではその独鈷杵で、次はなにを」

「あたしが思うように使えばいい──確認するけど、それでいいんでしょ？」

嵩生兄ちゃんに言われたことを、毘沙門天に確認した。

『あぁ、そうだ。振り回すなり投げつけるなり、思ったままにやってみ？』

先が閉じてひとつになり、金色に輝く短い警棒みたいな独鈷杵。

あたしは心に湧き出る感情のまま、それを力まかせに横へ振った。


「密です！　離れて！　マスクして──」


すると勢い、独鈷杵の先から金色のビームサーベルが伸びた。

その姿を見た人混みは左右に割れ、あたしから八丈までの空間が一直線に繋がる。

それはこの場にいる全員が、あたしのターゲットはあの男だと理解したようだった。

あとは曼荼羅を、どこに？

みんなの目の前──いや、みんなの上？

嵩生兄ちゃんの真似をして上段に構えると、切っ先から天空へと閃光が一直線に昇り、人でごった返す江戸川町駅前の上空に美しい曼荼羅を描いた。

『いいぞ、亜月。久々に見る、キレイな曼荼羅だ』

「あぁ、亜月様……なんという、亜月様……」

感心する毘沙門天と、呆然とする八田さん。

その光景に商店会の皆さんも、通勤の皆さんも、我を忘れて言葉も失い。

割れた人混みの先に立つ八丈と、はっきり目が合った。

「てめぇ……まさか、それは」

拡声器がなくても、八丈の動揺がはっきりと聞こえる。

あとは、あたしが思ったままを成すだけだ。

八丈を滅する？

違う、その前にやるべきことがある。


「――解散しなさいッ！」


ぶんっ、と振り下ろした独鈷杵から金色の衝撃波が八丈へと走った。

真正面からそれを食らった八丈は、目もくらむ光の中で煙となって姿を揺らしている。

「クッ――これが、テメエらの答えか……」

「この江戸川町はね、あやかしとヒトが混ざり合ってうまくいってる、あたしの大好きな町なの。それがこんな風に踏みにじられるのは、絶対に許せないの」

「……なにが、あたしの町だ。ここは毘沙門天の寺町じゃねェんだよ」

「そう。ここは、みんなの町。だからアンタもこの町に居たいのなら、ちゃんと居場所を作ってあげるから安心して待ってなさい」

「いいだろう……体が再生したら、その上から目線の傲慢な態度を叩き砕いてやる」

「じゃあ、クリニックで待ってるから。日没までには遅れずに来てよね」

台の上に立っていた八丈が姿を消すと。

上空の曼荼羅から、金色に輝く光が雨のように降り注いできた。

その優しい光のシャワーを浴びた人々はみな、心穏やかな表情へと変わっていく。

おそらくこの独鈷杵で八丈を追い払ったことが伝われば、あやかし医師会もロックダウンという強行策は解いてくれるだろう。

それでも解かないようなら、逆にあたしが「交渉」すればいいだけのことだ。

「さすが、亜月様でございます！　まずはこの密な状況での対決を避け、予期せぬ巻き添えを回避。八丈とは、別の場所で決着をつけるおつもり……亜月様？」

ばしゅんっ、とビームが消えた金色の独鈷杵を眺めていると。

めちゃくちゃ血圧の上がっていたあたしの頭が、すーっと冷静に戻っていった。

「待って……なにやっちゃってんの、あたし……なに叫んじゃってんの」

「と、申しますと？」

我に返ってみると、嫌な汗がだくだく流れて止まらない。

同時に、激しい動揺が脳内を駆けずり回っていた。

「どうすんのよ、これ……こんなに大勢が見ている前で、ビームサーベル？　空に曼荼羅を出して、金色の雨を降らせた？」

「左様でございます。群衆の不安と恐怖と苛立ちを、見事なお手前で浄化されましたな」

「……なにが『密です！　離れて！　マスクして』よ、あたしがマスクしてないっての」

あそこで叫ぶべきこと、斜め45度ぐらいズレてなかった？

なんかもっと大事なことが、他にあったんじゃない？

「しかし亜月様の周囲には、ソーシャル・ディスタンスが確保されておりましたが？」

「そりゃそうでしょ！　印相を結んで、真言を叫んで、ビームサーベルを手にした女の回りは、エアポケットになって当然ですって！」

「いえ、エアポケットではなく。まるで海が割れる神話のように、八丈まで一直線に」

「それもヤバいから！　結局あたし、人混みに向けて衝撃波を撃ったんだよ!?」

「群衆には、かすりもしておりませんが？」

なんで相変わらず、穏やかなイケオジ執事の笑顔を浮かべてるんですか！

これはかつて前例のない、取り返しのつかないことをやっちゃったヤツですって！

「どうしよう！　これって、どうやっても誤魔化しようがなくないですか!?　消せない記憶じゃないですか!?　やっぱりあたし、バカなんじゃないですか!?」

「ご安心ください、亜月様」

「いやいや！　できない、ムリムリ！　絶対これは、ご安心できないヤツですって！　この場にいるみんなの記憶に、トラウマのレベルで刻み込まれましたって！」

「それは曼荼羅から降り注いだ光のシャワーが、浄化したではありませんか」

「そう!?　みんな穏やかになっただけで、あの光景を忘れたワケじゃなくない!?」

その証拠に、再び人混みがどよめき始めている。

八丈が消え去った今、明らかに非日常的な存在はあたし。

と思っていた群衆の視線は、なぜかあたしに向けられることはなかった。

「……あれ？　みんな、どこ見てんの？」

「ほほっ。ですから、申し上げたではありませんか」

八田さんが指さしたのは、タクシーが1台もいない開けたタクシープール《駐車場》。

そこをモデルウォークで悠然と歩いて来る、ひとりの女性がいた。

ボディラインを全力でアピールしている、黒いボンデージ風のピッタリすぎる革つなぎ。

注目を集めるためだけに開けられたような胸の谷間にもびっくりだけど、その格好で手にリードを持って2匹の犬を散歩させている姿は、違和感が満載すぎて目が離せない。

いやあれ、犬じゃないよね。

えっ、ミニブタとミニ……鹿《シカ》？

「だ、誰ですか……あの、爆裂セクシー美人さんは」

「こんなこともあろうかと招集しておいた川姫《かわひめ》のハーフ、姫川《ひめかわ》。以前お話しした、わたくしの信頼する『武装メイド』でございます」

「待って待って、いろいろ待って。まずあの格好、絶対にメイドさんじゃないですよね」

「あやかしクリニックは閉鎖中ですので、あれは私服でございましょう」

「あ、私服か……いや、まだ待って。川姫って、どんなあやかしさんですか」

「まぁ、人目を惹くのが好きで好きでたまらないヤツでしてな。あれを見て心をピクリとでも動かしてしまえば、あっという間に精気を抜かれてしまうという」

「精気⁉　ダメ、ダメ！　それ、やっちゃダメなヤツでしょ！」

「というのは、始祖《オリジン》の話。今では短期記憶を抜くだけに留まっておりますゆえ、わたくしもしばしば仕事を頼んでおります」

そりゃあ、あんなファビュラスでフジコみたいな女性が胸元をばっくり開けて歩いて来れば、誰だって見てしまうと思うけど。

「いやいや、まだそれだけじゃダメです。だって、女の人は興味を示さないかも」

「そこで、カタキラウヮを連れて来させたのでございます」

「……それ、どっちです？　ミニブタですか、ミニ鹿ですか」

「片耳の子ブタの方でございます」

リードを外されたミニブタのカタキラウヮは、残像を残すレベルの速さで人々の足元をかけずり回り始めた。

「えっ、放牧!?　逃げましたけど！」

「あれに股を潜《くぐ》られると、死ぬか性器をダメにされて腑抜けになり」

「ちょ――精気も性器も、ダメですってば！」

「ほほっ、ご安心を。あれも短期記憶を抜くよう、姫川がよく飼い慣らしております」

なにこれ、あたしが心配性だってこと？

なんかもう、あとはセクシー姫川さんに任せちゃっていいような気がしてきた。ていうか八田さんの知り合い、マジでヤバい人が多い気がする。

「ちなみに、ミニ鹿の方は……？」

「馬鹿《うましか》でございますか？」

「馬？　鹿じゃないんですか？」

「鹿を指して馬となす。ロックダウンに対する、姫川なりのメッセージなのでしょうな」

この事態を知った仙北さんとテンゴ先生が、あやかし医師会を説得してくれたらしく。

しばらくすると予想通り、各路線の運休は解除され、主要な道路も規制解除となった。

相変わらず翔人さんは、SNSやネットへの書き込み消去に追われていたけど、ロックダウンされていた時間が短かったおかげで何とかなりそうだということで。

あとはもう、あやかしクリニックへ八丈がやって来るのを待つだけとなった。

けど、あの馬鹿《うましか》。

姫川さんが、あたしに「バカ」って言いたかったんじゃないかな。

▽　▽　▽

たった4日間、空けただけなのに。

あやかしクリニックの入口を、もの凄く久々に見た気がした。

なぜか思い出したのは、あたしが就活57連敗したあの日の光景。

でも今は、ただぼんやりとこのガラスドアを眺めていたあの頃とは違う。

テンゴ先生やみんなに助けられたあたしが、今度はみんなを助ける番。

ちょっと馬鹿だけど、それは勘弁していただきたい。

「七木田亜月、ただいま戻りましたァ！」

勢いよくドアを開けると、みんながあたしを待って――いなかった。

期待していた光景とは、何かが違う。

待合室の真ん中に置かれているのは、あの八丈が封じ込められていた石像。

少し離れてそれを眺めていたのは、腕組みしたハルジくんと三好さんだけだった。

「あっ。あーちゃん、お帰り」

「七木田さん、お疲れさまだったねー」

大歓声でのお出迎え、までは期待していなかったとはいえ。

なにこれ、あたしの扱いがわりと軽くない？

「ハルジくん。テンゴ先生は？」

「え？　居るけど」

「どこに？」

なんで、三好さんと顔を見合わせて黙ってるの。

まずはテンゴ先生の「お帰り」とか「お疲れ」とか、期待しちゃダメなの？

「ねぇ、三好さん。テンゴ先生は？」

「あーっと、八田さーん。とりあえず、言われた通りに消毒はしておいたよー」

「どうもお手数をおかけいたしました、三好様」

「なんも、なんも。知らずに触ったら、危ないところだったよー」

「三好さん、テンゴ先生はどこですか？　タケル理事長の姿も見えないんですけど」

「あーちゃん。駅前でビームサーベルを振り回したって、ホント？」

「ハ　ル　ジ　くん。テンゴ先生はどこかって聞いてるの」

こらこら、なんでめんどくさそうな顔をするの。

ふたりとも、あたしに何を隠してるの。

「テンゴさーん。もう諦めて、出て来なよ」

その声に遅れて、診察室からチョロッとだけ顔を出したのは懐かしのテンゴ先生。

でも本当にチョロッとで、髪の一部と片眼しか見えていない。

「テンゴ先生！　大丈夫で」

「ア、アヅキ……ちょっとそれ以上、近づかないで欲しいのだが」

「……え？」

「その……感染するかもしれないので」

「いやいや。別にあたしが感染しても、あやかしの姿になるワケじゃ――」

鈍いあたしも、そこでようやくその意味に気づいた。

テンゴ先生はまだ、あやかしの姿――つまり、天邪鬼の姿が消えていないのだ。

「――先生、気にしてるんですか？」

「それは……まぁ、できれば」

「タケル理事長も、そこにいるんですよね？」

テンゴ先生の上から、これまたチョロッとだけ顔を出したタケル理事長。

ハーフだから現れ方が酷いのか、顔と頭は片眼以外ぜんぶ包帯を巻いているようだ。

「いよーう、亜月ちゃん。おっ帰りィ」

「ふたりとも、出て来てもらえませんかね」

「えーっ……オレは、まじカンベン」

「俺も、あと少しの勇気が必要な心境だ」

思わず、大きなため息をついてしまった。

「見せたくないモノは、見せなくていいです。それにあたし、包帯を取って全部見せろなんて言ってないですよね」

それでもふたりは顔を見合わせ、出て来ようとはしない。

そんなにあたし、信用ないですか。

今さら貧乏神の姿を見たら、ここから逃げ出すとでも思ってるんですか。

天邪鬼の姿を見たら、テンゴ先生のことを嫌いになるとでも思ってるんですか。

「もう……じゃあ、聞きますけど。時々あたしが家の中で、キャップをかぶって大きなマスクをしてるとこ。見た記憶ないですか？」

「あー、はいはい。あるある」

「俺は、ごく希に……日曜？　に、見た記憶があるような」

「あれってスッピンの上に、飲み過ぎて顔が浮腫《むく》んでたのを隠してたんです」

「えっ？　なにそれ。なんで？」

「み、見られたくないからですよ」

「……テンゴ、わかる？　意味不明《イミフ》だよな？」

「俺は別に……いかなるアヅキでも、いいと思う」

「あたしにとって、今のふたりはそれと同じ程度なんですよ」

「そうかァ？　それとは別モンじゃね？」

「アヅキが言うのだから、そうかもしれないが……どうだろうか」

またふたりして、難解な謎を出されたように顔を見合わせている。

あたしのたとえ話、下手だったかな。

「だから納得のいくまで包帯でも何でも巻いて、出て来てもらえませんか。なんていうか、こういう距離？　あたし、けっこう寂しいです」

ようやく意を決してくれたのは、テンゴ先生の方が先だった。

「タケル。俺の包帯は取れていないだろうか？」

「大丈夫だよ。それよりオレのここ、ほどけてるから直してくれ――バッカ――くっ、苦し――締まって――バカヤロウ！　包帯で首絞めてどうすんだよ！」

「すまない。どうもこの姿だと、力加減が難しいので」

なんだかふたりでゴソゴソしたあと、ようやく診察室から出て来てくれたけど。

あーもう、なんで千絵さんと富広みたいな素敵な展開にならないかな。

「お、お帰り……アヅキ」

テンゴ先生はいつもの長白衣《ながばくい》に襟シャツなので、包帯を巻いているのは首から上だけ。

見えているのは右眼のみだけど、包帯で巻いても形の隠せない角が頭に2本ある。

袖から出ている手にはミリタリーっぽいグローブをしているので、さっぱり見えない。

富広の半獣状態を思い出したけど、だから何だ。

これはテンゴ先生で、あたしの大好きな——。

「ア、アヅキ!?」

そう思った時には、もう先生の胸の中へ飛び込んでいた。

こんなの、ガマンできるはずがない。

「——よかった。ほんとに、無事でよかった」

「いや、アヅキ……その、みんなが見ているのだが」

抱きしめた先生の体はいつも以上に筋肉質でゴツゴツしているけど、それが何だ。

これはあたしのテンゴ先生以外の、何者でもない。

「亜月ちゃーん。オレとハグは？」

タケル理事長の包帯も、先生と似たようなものだったけど。

身長や体重まで変わってしまったのか、ホスト風のスーツがかなりダブついていた。

「……握手だけでいいです？」

「なんだよ！　やっぱオレのこと、キモいって思ってんじゃねェかよ！」

「いや、そういう感情とはまったく別ですね」

「なにそれ。日常的にキモいと思ってた感じ？」

「タケル。アヅキは、俺の」

「みんなの亜月ちゃんだろうがよ。なァ、ハルジ」

「あーちゃん、広島のお土産は？」

「そんなの買う時間、あるわけ――」

「ハルジ坊ちゃまは、にしき堂の『チーズクリーム』もみじ饅頭でしたな」

――あったんだ、すごいね八田さん。

「それそれ。レンジでちょっと温めて溶かしたぐらいが、超おいしいんだよね」

「サンフレッチェのキャラクターグッズも、買って参りました」

「それ、サッカー好きなカズちゃんのお土産じゃん」

「ハルジ坊ちゃまからお渡し願います。三好様には、広島菜漬けを」

「えー、おれにも？　それ、ご飯がすすむんだよねー」

「テンゴ院長先生には、福留ハムの『花ソーセージ』をご用意いたしました」

「エ……？　それは切ったら花型になるという、広島だけで有名な伝説の」

八田さん、真剣に広島に詳しいよね。

隙間女《すきまおんな》さん謹製だろうけど、そのキャリーバッグにはどれだけ入っているのだろうか。

「おいおい。八田さんまで、オレをシカトする感じ？」

「とんでもございません。タケル理事長先生にはもちろん、にしき堂でもマニアックな『新・平家物語』の『白あん』だけを」

「マジで？　けどフツー、赤あんとセットだろ？」

「そこは、特別に」

「さすが八田さん、わかってんなァ！」

こういう光景こそ、うちのクリニックの日常。

ようやく帰って来た感じがして、すごくホッとした。

姿形は違っていても、いつものみんなに戻れた気がしていた時――。

入口のガラスドアが、割れそうな勢いで開けられた。

「クソみてぇな茶番を見せやがって……反吐《へど》が出そうだ」

そこには、憎悪に包まれた八丈が立っていた。

黒いタキシードの前を開け、派手な赤い襟シャツに、ゆるんだ黒いネクタイ。

ただどう見ても顔色は悪く、くわえタバコもしていない。

さっきは再生してくると意気込んだものの、おそらくこの石像がないと難しいのだ。

「どうしたの？　あんた、ずいぶん勢いがなくなってるじゃない」

「うるせぇ。オマエらも、どけ。感染させるぞ」

それでも虚勢を張り、道を開けたみんなの間を悠然と歩いてソファにどかっと座った。

ようやくポケットからタバコを出してくわえたものの、いくらライターで火を付けようとしても、火花が散るだけで火は付かない。

舌打ちして投げ捨てたのは、すべてが思い通りにいかず苛立っている証拠だろう。

「で？　どこだよ、広目天は。まだ期日の日没には早ぇけど、毘沙門天の姉ちゃんが帰って来たってことは、もちろん連れて来たんだろうな？」

八丈の前に進み出ようとした包帯だらけのテンゴ先生を、あたしは止めた。

天邪鬼の姿が出ているのはいいとしても、また何か生薬の効かない感染症をもらって苦しむ姿を見たくない。

「みんな、下がっていてください。あたしが話をつけます。ぜんぶ決着がついて安心できるまで、こいつに近づかないで」

「しかし、アツキ……」

「石像を奪われたこいつには、どうせ大したことはできませんから」

八丈は最大限の皮肉を込めて、ゆっくりと手を叩いた。

「その石像に気づいたことは褒めてやる。けどなぁ……そんなことは交渉に入ってねぇんだ、論点がズレてんだよ。オレは広目天を連れてきたのかって聞いてんだから、日本語がわかるんならまず質問に答えろや。ボケが」

カバンから取り出した独鈷杵は、一体化していた先が元の閉じたフォークのように、また三つ叉の三鈷杵に戻っていた。

「あんた、駅前で見たでしょ。これが広目天の三昧耶形——つまり、広目天の代わり。アンタなんかのために、めちゃくちゃ忙しい千絵さんを連れて来るまでもないってこと」

「そんな三昧耶形《オモチャ》が土下座できるかァ——ッ！」

カッと目を見開いた八丈は、顔色の悪いまま吠えるように大声を上げたけど。

そこに、以前のような恐怖は感じない。

なぜなら八丈が交渉の切り札としていた「ウィルスの最終変異」攻撃は、この石像を抑えている限り不可能だからだ。

「じゃあ、聞くけど。この石像なしで、どうやってあたしたちと取引を続けるつもり？」

「ハァ？　姉ちゃん、なに寝ぼけたこと言ってんだ？」

「あたしたち、もう知ってるの。あんたは単独で、なにもできないって」

「くくっ……これだから、人間サマってヤツは……」

「負け惜しみを言いたい気持ちはわかるけど、諦めなさいよ。もしこの江戸川町に居たいなら、みんなで居場所を考えてあげるから」

「なぁ、神さま仏さまよ。どのツラ下げて、そんな上から目線で物を言ってんだ？」

「ハァ？　あんた、まだ」

「期日までに広目天を連れて来いと言われて、それができずに代わりのオモチャを持って帰って来た。ってことは――」

その歪んだ笑みを、あたしは忘れることができないかもしれない。

それは、絶望から生まれる最後の足掻《あが》きなんかじゃない。

まだ余力を残し、勝った気でいるあたしたちを嘲笑《あざわら》っているのだ。

「――交渉決裂だ」

まるでスイッチでも仕込んでいたように、八丈が口角を上げて奥歯を噛みしめた。

「な、なにを」

聞くまでもなく、事態が一気にあたしたちの不利に傾いたのを感じた。

待合室に運び込んだ石像が、不気味な鈍い音を立てて稼働し始めたのだ。

「消毒しただァ？　そりゃあ、表面はキレイキレイになったろうよ」

「石像が……動いてる？　なにこれ、どうなってんの!?」

この石像は何百年もの間、無数の人々から「病災除《よ》け」として触れられてきた結果、様々な感染症が染みて記憶媒体になっているると、あたしたちは考えていた。

八丈はそれを利用して石像を行船公園という公共の広場に置き、表面から「接触感染」で広めている──つまりあたしが前から感じていた「誰か八丈の手伝いをしているヤツ」がいるのではないかというのは、この石像のことだろうと結論づけていた。

だから現代の医薬品で完全に消毒したあと、ここへ運び込んで人との接触を断ったのに。

「選択はすでに行われていた。つまりそいつを見つけ出した時に即刻破壊しなかった時点で、テメエらはこの結果を自ら招いてたワケだ」

無数の人々が触れたことで吸収した無数の細菌やウィルスの構造を記憶しているこの石像は、長年閉じ込められていた八丈と意思疎通ができるとでもいうのだろうか。

「そんな……だってこれ、石像でしょ？　中で『変異』まで起こせるっていうの？」

「冥土の土産話も、タネ明かしも期待すんな。オマエらは何も知らずに逝け」

だとしたら、この石像は表面から接触感染を広げる媒体としてだけではなく、中でウィルスや細菌の変異を生成する製造器《ジェネレーター》になっていたということだ。

「お？ 今から叩き壊して止めるか。いいね、その選択肢もアリだ。さぁ、やってみろ」

三好さんが一歩前に出たけど、これはきっと罠だ。

「待って、三好さん！ 無数に記憶されたウィルスと細菌が、粉塵になってバラ撒かれるかもしれない！ その中に、天然痘のウィルスだってあるかもしれないじゃない！」

「どうした、三吉鬼。考えて出した答えなら実行しろ。早くしないと約束通り『サイトカイン・ストーム強制誘導』の変異が施された菌とウィルスがバラ撒かれるぞ」

あたしが話をつけるなんて偉そうなことを言っておきながら、八丈を前に為す術がない。

呆然としていると、いつの間にか包帯を巻いたテンゴ先生が隣に立っていた。

「せ、先生!? 感染すると、危ないですから！」

「そうも言っていられない。些細な感染症でも『サイトカイン・ストーム』を起こされたら、生薬の効かない——つまり現代医療が効かないあやかしたちは、片っ端から脳炎や脳症で命を落としてしまうだろう」

「でも……どうやって」

「タケル！ 院内を最大で陰圧換気に！」

「ＯＫ」

「ハルジ！ 八田さんと一緒に、グルタラール製剤と防護服やマスクを持って来い！」

「りょ」

「御意」

「三好さん。巻き込んで済まないが……最後まで一緒に、戦ってもらえるだろうか」

「もちろんだよ、テンゴさん。あいつだけは、逃がさ――ない、から――ふんっ！」

三好さんの上半身がビキビキと音を立てシャツを破り、八丈を睨みつけている。

それでも八丈はポケットに両手を突っ込んだまま、深々とソファにもたれていた。

「急げや、急げ。新見さーん」

「おまえの相手は、おれだからな」

「三吉鬼さんよ。あんたも恐《こえ》ぇ顔してねぇで、一緒に歌でも歌わねぇか？　死へのカウントダウンだ。さんはい、Row《ロウ》, row《ロウ》, row《ロウ》 your《ユア》 boat《ボート》, Gently《ジェントリー》 down《ダウン》 the《ザ》 stream《ストリーム》――」

こいつは、この場から逃げる気なんてない。

あたしたちは今、八丈の収まらない怒りをぶつけるためだけに必要な生《い》け贄《にえ》なのだ。

「テンゴ先生……あたし、どうすれば」

みんなは先生の指示に従って散り、不気味な振動と駆動音を響かせているこの石像の前には、あたしとテンゴ先生だけが残された。

「こういう時は原点に戻るべきだが、俺はアヅキと一緒に答えを出したい」

「……な、なんでしょう」

「八丈はここに閉じ込められていたのに、掘り起こされて空気に触れただけで、急に解放されたのだろうか」

「いや……それなら、地中に埋まる前にも空気には触れていたので」

「では、八丈が解き放たれた理由はなんだ。この石像がその効力を失い、八丈の意のままに稼働し始めた理由はなんだと思う？」

「それは……」

そんな焦りを、八丈の耳障りな歌声がさらに増幅していく。

「――Merrily《メリリ》, merrily《メリリ》, merrily《メリリ》, merrily《メリリ》, Life《ライフ》 is《イズ》 but《バット》 a《ア》 dream《ドリーム》.」


落ち着いて、すべてを思い出さなきゃ。

封じ込めた本人である、広目天が告げた言葉。

「……既に全ては因果律の中にある」

「因果律……既に全てである？」

「八丈には『在るべき場所を与えた』と、広目天が……でも八丈が江戸川町に在るためには、こうして危険な感染症をバラ撒くことが必要なんですか!?　八丈以外は、みんないなくなればいいってことですか!?」

「八丈と俺たちは、共存できるのか……すでに結論は出ているから、広目天は『因果律の中にある』と言った……ならばこの石像は止まるべき……だが、止まらないのは……在るべき場所に、在るべきものがない……アヅキ、これは⁉」

不意に先生が指さしたのは、石像の背中。

そこには縦長の、えぐれたように壊れた部分があった。

「たぶん、掘り出した時に壊れ——壊れたから、八丈は出て来れたんですか⁉」

「ならば、ここを埋めれば石像は止まる？　なにで埋める？　このえぐれた形は何だ？」

「先生！　きっと、これです！」

間違いない、このダンベルサイズで縦長の窪みは——独鈷杵？

待って、先端の形が合わない！

だってこれ、今は三鈷杵に戻ってるから！

「ほらァ、急げよ。誰かが泣き出しても、それは止まらねぇからな」

それに気づいた八丈は、にちゃりと口を歪めて笑った。

「黙って見てなさいよ！　こんなの、独鈷杵にすればいいだけなんだから！」

慌てて毘沙門天の印相を結び、両手を高くかかげた。

「身密——ッ！」

真言だって、あいつが居なくても間違うもんですか。

「オンベイシラマンダヤ、ソワカ——口密ッ！」

「毘沙門天の姉ちゃんよ。奇跡を二度も起こすのは大変だぞ」

歌うのを止めた八丈が、あたしを睨みつけている。

せいぜいそこでふんぞり返ってなさいよ、こんなのすぐに終わらせてあげるから。

「意密――ッ！」

そして最後に三鈷杵で真円を描けば、独鈷杵に――って、どうやって真円を描くの？

無意識に振り返ったけど、嵩生兄ちゃんはいない。

「……どうした、アヅキ」

「ど、どうしよう！　先生、円が……真円が！」

「真円？　最後にそれで、真円を描くというのか」

いくらあたしが振り回してみたところで、決して「真円」は描けない。

どうしてこの状況で、毘沙門天も嵩生兄ちゃんも助けてくれないの！

さっきより、もっと危機的な状況なのに！

「待って、考えて考えて……思い出して、思い出して……」

嵩生兄ちゃんが降りてきてくれた時、なんて言ってた？

剣道は円――じゃなくて、もっと大事なこと。

その時、頭の中で嵩生兄ちゃんの声が響いた気がした。

『曼荼羅とは真円——欠けることなく完全に終わる、大団円のことだよ』


「大団円⁉」

「それは、めでたくハッピーエンドを迎えるという意味だが？」

あたしの大団円、ハッピーエンド——それは。

「テンゴ先生！　あたし、先生のそばにずっといます！」

「そうか、ありがとう……だが、なぜ今」

「先生は⁉　先生は、どうなんですか！」

「……俺？」

「あたしと、ずっと一緒にいてくれますか⁉」

包帯を巻いたままの右眼だけが、ふっと優しい笑みを浮かべた。

「言ったはずだ。死が俺たちを分《わ》かつまで、それは変わらないつもりでいる」

無意識に添えられた先生の温かい手が、三鈷杵を握ったあたしの手を包む。

すると三鈷杵は再び両端が派手な音を立てて閉じ、光り輝く独鈷杵へと姿を変えた。

「テンゴ先生！　これで石像にはまります！」

えぐれた部分にぴたりと収まった、金色《こんじき》の独鈷杵。

すると今まで不気味な音を立てて振動していた石像も、ぴたりと動きを止めた。

「アヅキ……これは、止まったのか？」

その答えは、不服そうに立ち上がった八丈の眼が物語っている。

なにを叫ぶでもなく、なにを煽るでもなく、ただ床にツバを吐いただけだった。

「つまらねぇな、こんなの……」

「観念しなさい。あんたにはもう、打つ手が」

「ある――」

「まだそんなこと言ってんの？　始祖《オリジン》だって、ちゃんと時代に合わせて生きてるあやかしさんもいるんだし、あたしもあんたの居場所をできるだけ」

「――オレが『天然痘ウィルス』になって、すべてを終わらせる」

「な……なに言ってんの……」

信じられないことを口にしたけど、濁んだその眼には嘘をつく余裕すら感じられない。

石像を失った今、八丈は自分自身を最終兵器にしようとしているのだ。

「あやかしの始祖《オリジン》がこの世界で存在できない理由が、よくわかった……ならばオレは人間の思念が生み出した存在などではなく、その恐怖の原点《オリジン》になってやる」

「だから、そんな極端な考え方をしなくても――」

あたしをかばうようにすっと前へ出たのは、テンゴ先生だった。

「八丈。おまえが天然痘ウィルスになれば、俺はグルタラール製剤で『滅菌』できる。つまりそれは、おまえの死を意味するのだが」

「100万分の1をもって、滅菌とする……もしオレが、その数を超えたら？」

すでに八田さんとハルジくんは、グルタラール製剤と防護服一式を持って来ている。

タケル理事長は無事に、院外に対して室内を強い陰圧に保つことに間に合った。

でも八丈を外に出すことは防げたとしても、急いで防護服を着たとしても。

この中の誰かは、天然痘に感染してしまうかもしれない。

「アヅキ。外へ出ろ」

「ちょ、なに言ってんですか！　さっき、ずっと一緒にいるって」

「死が俺たちを分《わ》かつまでは、ずっと一緒にいると誓う」

「先生！」

「急げ！」

テンゴ先生の周りに集まったみんなが、八丈とあたしの間に無言で壁を作る。

それはつまり、みんなテンゴ先生と同じ考えだということだ。

「そんな……嫌ですよ！　あたしだけ逃げるなんて、そんなの嫌で」

言葉を遮ったのは、タケル理事長だった。

「亜月ちゃん。別にオレら、死ぬって決まったワケじゃねぇし」

八田さんも背を向けたまま、いつもの穏やかな声でつぶやいている。

「亜月様。ご心配いただき、泣けてくるほど嬉しゅうございます」

「こんなのダメだよ！　他の方法を考えようよ！　ね、ハルジくん!?　三好さん!?」

「あーちゃん。今日は久しぶりに、朝までフォートナイトやろうね」

「七木田さんは、心配性だなー」

立ちはだかる４人を前に、八丈の姿が揺らいでいた。

それを見て、みんなが防護服を着始める。

「待ってよ、みんな！　こんなの……こんなのって、全然ハッピーエンドじゃないよ！」

その時——開いてはいけない入口のドアが、バーンと勢いよく開かれた。

「なになに、なーにー？　ちょーっと、いいカンジに盛り上がってるんじゃなーい？」

ぜんぜん空気を読まない感じで、めちゃくちゃ鼻筋の通ったキリッとメイクで彫りの深い超美人さんが手を振っていた。

染めたにしてはナチュラルすぎるロングの赤毛を、今日はアップに束ねて「かんざし」まで挿し、手には長すぎるキセルまで持っている。

なにより決め手は胸元から肩口までばっくり開いた、豪華絢爛な真紅の着物。黒塗りされた三枚歯の高下駄で歩いて来る様は、誰がどこから見ても花魁《おいらん》だった。

「か、夏蓮さん⁉　ちょ、今は——まず、そこを閉めて」

壁を作っていたみんなも、振り向いてギョッとしている。

「さっき、知也《ともや》くんから聞いたんだけどさー。あいつ今、居るんだってー？」

「あいつ……って」

「あーっ、いたいた！　疱瘡神だわ！　赤いちゃんちゃんこ着てろよ、分かんないから」

「夏蓮さん！　あいつ今、ヤバいんです！　色々あって、天然痘ウィルスに」

猩々の始祖《オリジン》だし、八丈がどういうヤツか知っているはずなのに。

恐れるどころか、夏蓮さんは入って来るなり思いっきり煽り倒している。

「なにその、黒のタキシードに赤シャツって。バッカじゃね？　寝過ぎて頭が腐った？」

「まじめに聞いてください！　夏蓮さんが天然痘に罹ったら、どうするんですか！　柚口刑事や朝陽くんは、どうなるんですか！」

「え？　ウチ、天然痘とか罹んないし。ウィルスとか、付くこともないし」

「……は？」

「もー、七木田ちゃーん！　勉強不足っ！」

思いっきりバシバシ、背中を叩かれてしまった。

これはたぶん、夏蓮さんなりのスキンシップだと分かっているけど。

ヒグマの子どもがジャレて遊んでいる感が消せないのは、なぜだろうか。

さすがに動揺を隠せなかったテンゴ先生が、夏蓮さんを止めようとしてくれた。

「ゆ、柚口さん……その、ちょっと今は……類を見ないほど、危険な状況なので」

「えーっ!?　これだけイケメンがそろってんのに、誰も知らないわーけー？」

「いや、イケメンかどうかは関係ないと思うが……なんのことだろうか」

「あのバカが封じ込められてた石像、ちゃんと見たー？　まぁウチ、さすがにそんなブサイクじゃないから、気づかないっちゃ気づかないかー」

「まさか……あれは、猩々だったのか？」

そう言われて、みんなで改めて石像を見てみると。

石像だから赤くはないものの、長い髪から続いて全身を覆う毛並みの彫り込み。

経年劣化で削れたデフォルメの石像とはいえ、たしかに猩々の面影はある。

「天然痘は赤い発疹、かーらーのー、赤といえば美獣のあやかし猩々が、天敵になったわけ。あいつ昔っから、赤と犬にはめっぽう弱くてさー。ウチに勝てるワケないんだって」

「そうか。だから猩々の石像に封じ込め……しかし今、赤いシャツを着ているのだが」

「センス悪いからじゃない？」

そういうものだろうかと、みんなが啞然としている中。

夏蓮さんは迷うことなく、4人をかき分けて疱瘡神の前に進み出る。

それを目の当たりにした八丈は無意識に後ずさり、眼を見開いて顔色を失っていた。

「オマエ……し、猩々の」

「は？　ボケた？　見て分かんない？」

いきなり早変わりのように花魁の着物を脱ぎ捨て、下駄も蹴り飛ばした夏蓮さん。

そこに姿を現したのは、真紅の美しき獣——まさに美獣。

猩々の姿になっても、それはそれで違う種類の美しさを持ち合わせていた。

「——始祖《オリジン》なのか⁉」

それには答えずファイティング・ポーズを取り、やる気まんまんの夏蓮さん。

肩幅に開いた足はステップを踏むこともなく、八丈を真正面から見据えている。

「ダメです、夏蓮さん！　そいつには現代の攻撃が——」

予備動作なしで体を捻った瞬間、夏蓮さんの長い左脚が残像を残して半円を描き。

ノーガードだった八丈の側頭部へ直撃すると、八丈の頭は激しくブレて歪んだ。

「——当たってるし」

超速ハイキックを食らった八丈は失神し、無言のまま膝から崩れ落ちる。

その姿は、糸の切れたあやつり人形と言えばいいだろうか。

ちょうどいい位置に落ちてきた八丈の頭を両手で鷲摑みにして、すかさず顔面に膝蹴りを入れようとする夏蓮さん――を羽交い締めで止めたのは、力自慢の三好さんだった。

「ストーップ！　ストップだよ、柚口さーんっ！」

「は？　まだ朝陽くんにまき散らしてくれたバイキンのお礼しか、済んでないけど？」

「ダメだよーっ！　もう、戦意喪失してるんだから！」

「その他諸々、お礼が済んでないんだけどなー」

「下がって！　コーナーに下がって！」

「レフリーストップとか、ラッキーなやーつー。で、コーナーってどこ？」

夏蓮さんってダンサーじゃなく、立ち技最強の格闘家だったっけ？

なにこれ、開始２秒で瞬殺ＫＯとかあり得なくない？

「か、夏蓮さん……？　こいつ今まで、こっちの攻撃はぜんぜん無効だったんですけど」

「だってウチもこいつと同じ始祖《オリジン》だし、猩々だし？　当たるに決まってんじゃん」

余裕で見おろす夏蓮さんの先で、八丈は三好さんにぺちぺちと頬を叩かれていた。

なんとか意識を取り戻して頭を振り、焦点の定まらない視線を必死で戻したものの。

片膝を立てたまま、まだ自力で立ち上がることはできないようだった。

「く、くそ……なんでこの町に、猩々の始祖《オリジン》まで……」

「あー、まだ口がきけるんだー。手加減するんじゃやなかったわー」

「……オレは終わってねぇぞ、コノ……ヤロウ」

それを聞いた夏蓮さんが、ヤレヤレな顔をして右手を高く掲げている。

「あー、そう。じゃあ1300年で腐った性根を、たたき直してやるわ」

「夏蓮さん！　やりすぎですって、夏蓮さぁぁぁん！」

あたしの制止も虚しく、クリニックの中に謎の絶叫系詠唱が響き渡った。

「COMMA《かーま》　BOW《ぼー》　COW《こー》！」


高く突き上げたその指先から、渦巻く巨大な漆黒の円が生まれ。

そこから勢いよく顔を突き出してきたのは、恐竜なみに大きな――犬？

いやこれ、単頭のケルベロス!?

「ヒ――ッ！　犬神《いぬがみ》!?」

怯える八丈に、身構える余裕は与えられず。

大きく開けられた犬神の口は、八丈をばくんと丸呑みしてしまった。

「ちょっと、夏蓮さん！　いくらなんでも、食べさせちゃうなんて！」

「七木田ちゃーん。慌てない、慌てない」

「いやいや、全然ひと休みできる状況じゃ――」

闇から巨大な首を出したケルベロスな犬神は、口をモゴモゴさせたあと。

なんか不味《マズ》い物でも食べて後悔したように、ペッと八丈を吐き出した。

「――え？」

犬神のよだれだらけになって、クリニックの床に吐き出された八丈。

憎悪に濁んでいた瞳は弱々しい涙目になり、下がり眉の情けない表情になっている。

あの粗暴で横柄な態度が消えたどころか、まるでチワワのようにプルプルと震えていた。

「……すいませんでした」

なんか声まで、別人みたいに変わってるんだけど。

疱瘡神って、こんなに猩々と犬神に弱かったの？

だったら最初から夏蓮さんに――と考えて、はっと気づいた。

これが広目天の言っていた因果律であり、三鈷杵だけを渡されて終わった理由だ。

既に全ては因果律の中に在る――つまり八丈が目覚めたこの江戸川町にはすでに猩々の夏蓮さんが住んでいたわけで、始まった時には結末がこうなることは決まっていたのだ。

もっと遡れば、八丈がここで目覚めるように1300年前から仕組まれていたのだ。

「あ？　聞こえないんですけどーっ！」

「すいません、すいませんでしたァ……」

八丈の変わり様に、みんなが唖然としていると。

またひとり、入口のドアに立って感極まったようなため息をついている男性がいた。

「あぁ……やっぱりボクの夏蓮さんは、セクシーだなぁ」

「ちょっと、やーだーっ！　見ないでよ知也くん、恥ずかしい！」

いやいや夏蓮さん、さっきまでその格好で蹴りを入れてたじゃないですか。

あー、いいなー、堂々とキスしてるじゃん。

真紅の猩々とデコ出しイケメン刑事がキスしてるなんて、サイコーの光景だよね。

あたしも荒々しい天邪鬼の姿になったテンゴ先生と、キスしたいな。

まぁ、荒々しいのは夜だけでいいか——って、なにそのエロジジイな発想は！

「じゃあ、七木田ちゃーん。あとはヨロシクねー」

「あ、はい……いや、えっ……どういうことです？」

「どうせそんなヤツにも、居場所を与えてやる気なんでしょー？」

「はぁ……まぁ、本人次第ですけど……」

「さすが仏さまだよねー、極《き》める角度がウチらとは違うわ」

「……極める角度が違ったのは、夏蓮さんのような気もしますけど」

「おいっ、そこでショボくれてるバイキン！　聞いた？　本人次第だってさ！」

「は、はい」

「声が小さい！　もう1回！」

「はいイ——ッ！」

「ウチなんて始祖《オリジン》なのに、こんな素敵なダンナと結婚して、超かわいい子どもまでいるわーけー。いつまでも思春期こじらせてないで、さっさとオトナになりなさいよ」

そう言って背を向けると、また早着替えのように真紅の花魁風着物を羽織り。

高下駄を履いて柚口刑事と腕を組むと、イチャイチャしながら出て行った。

なんかあのふたり、このまま駅前のラブホに消えそうな気がするんだけど。

「ていうか、これで解決？　あたしたちの長きにわたる戦いって、なんだったの……」

「アヅキ」

「はひぇっ⁉」

気づけば隣に、包帯姿のテンゴ先生が立っていた。

「八丈の処遇は、俺に任せてもらえないだろうか」

「全然いいですけど……先生、なにか心当たりでもあるんですか？」

「八丈には、ちょうどいい仕事が――どうした、俺の包帯が取れているのか？」

「いえ、逆で」

「……逆とは？」

「あたしも先生のあやかし姿を見たいな、と思って」

包帯の巻かれていない右眼だけで、先生はなぜかめちゃくちゃ照れていた。

「そ、それは……その、ズルいと思う」

「なんで、あたしがズルいんですか？」

「俺はまだ、あれだ……なんというか、アヅキの……裸を、見たことがないので」

「い――っ!?」

思い出すのは、富単那の姿になった富広と抱き合っていた千絵さん。

そして、猩々の姿になった夏蓮さんと柚口刑事。

いつかあたしも、テンゴ先生と絶対そういう風になりたいと強く思う。

今のあたしとテンゴ先生の距離って、どれぐらい近づいてるのかな。

【エピローグ】

八丈の巻き起こした、あやかし感染症も終息し。

今日は晴天の広島に、クリニックのみんなが呼ばれてやって来た。

招待してくれたのは千絵さんと富広で、その目的は結婚式。

ふたりはラフな、人前式のガーデン・ウェディングを選んでいた。

緑と芝生に囲まれた庭園は、そのままビュッフェスタイルの披露宴が開ける広さがあり、そのうえフルオープンにした受付のフロアとも繋がっている。

この開放感と特別感には、招待されたあたしの方が浮かれてしまう。

『新郎・新婦の入場です。皆さま、大きな拍手でお迎えください』

ぎっしりの花と白いベールで作られたアーチの祭壇へと続くまっすぐな道を、腕を組んだふたりがゆっくりと歩いてきた。

グレーのタキシードに、今日はオールバックを整えて満面の笑みを浮かべた富広。

華やかなブーケを手にした千絵さんは、真っ白なウェディングドレス姿だ。

コンタクトにするかと思っていたら、いつも通りの黒縁メガネで少し驚いたけど。

富広もピアスを外すつもりはないみたいで、それがふたりらしくて、またいい感じだ。

「いいなぁ、この雰囲気……憧れるなぁ」

「そうか。アヅキは、こういうのに憧れるのか」

並べられた木製の椅子に座って拍手で迎えながら、思わず見とれていると。

モーニングコートにグレーのウェストコート姿のテンゴ先生が、隣でつぶやいた。

「真っ白いウェディングドレスで青空の下を歩くなんて、誰でも憧れますって」

「そうか。俺も、アヅキにはそれが似合うと思う」

「……え？」

夏蓮さんと犬神にすっかりヤラれて別人のようにおとなしくなった八丈は、閉じ込められていた猩々の石像とセットで、都立感染症研究所の流動研究員になった。

１３００年に及ぶ膨大な感染症の記憶媒体になっていた石像と、それを自在に操れる八丈がいれば、新型ウィルスのワクチン開発にも大きな期待ができるらしい。

もちろん住所は江戸川町のアパートで、そこは夏蓮さん家《ち》のすぐ近く。

なにかあったらすぐに蹴りを入れてやると恐いことを言っていたけど、わりと一緒にご飯を食べたりして面倒をみているあたりが夏蓮さんらしい。

『それではここで、おふたりから、誓いの言葉を頂戴したいと思います』

最初に一歩前へ出たのは、タキシード姿の富広。

メモを見る様子もなく、来賓に向かって堂々と誓いを宣言した。

「一切を偽ることなく、ふたりの魂が再びひとつになるまで、共に在ることを誓います」

その短い言葉には、富広の気持ちがすべて込められていると感じた。

今は別々の容れ物に入っているふたりの魂が、再びひとつになるその時まで——言い換えれば、現世に在る限り決して離れたりしないということ。

それは富単那のクォーターである富広らしい、誓いの言葉だった。

富広側の来賓からは大きな拍手と歓声が上がり、千絵さん側——つまりヒト側からは、「意味は分からないけど、いい言葉だ」的な拍手が送られている。

そして千絵さんもメモを見ることなく、落ち着いて誓いの言葉を口にした。

「那義が那義である限り、那義はウチのもの。そしてウチは那義のものだと、誓います」

男前で簡潔すぎる言葉だけど、あたしたちには千絵さんの強い決意が伝わってきた。

隣のテンゴ先生なんて、新婦の父親なみに感動している。

「広目天と富単那の使役関係とは、これほど強い絆で結ばれているものだったのだな」

でも参列者の反応は真っ二つで、新郎側からは大歓声と拍手が起こったけど。

新婦側からは拍手は起こるものの、みんなキョトン顔でわりとあっけにとられていた。

『それでは次に――』

そして色とりどりに飾られた祭壇で、ふたりは指輪の交換をしたあと。

そろって婚姻届にサインをすると、それを高らかに掲げて結婚成立が宣言された。

『――ご参列の皆さま。おふたりのご結婚の誓いを、ご承認いただけますでしょうか』

新郎と新婦の双方から鳴り響いた無数の鐘の音、そしてクラッカーの弾ける音。

舞い散る紙吹雪とテープが、ふたりの結婚を全方位から祝福した。

それを見た祭壇のふたりは進行予定になかったキスをして、司会者を動揺させたけど。

ソワソワし始めたのは参列者――特に、ドレスで着飾った女性たち。

もちろん、あたしも含めてだ。

「ちょっと、先生。前を通りますよ」

「……ん？　まだ式は終わっていないが」

「これから一瞬ですべてが決まる、激しい戦いが始まるんです」

「エ……戦う？　ここで？　誰と？」

「負けるわけには、いかないんです」

そう、式次第にハッキリと書いてあった「ブーケトス」の文字。

それは伝説であれ神話であれ、女子なら誰もが一度は手にしたい聖剣のような物。

これに恥ずかしがって参加しないようでは、あたしにステキな未来は訪れないだろう。

『それではこれより、新婦の千絵様からブーケトスを行っていただきたいと思います。尚おふたりのご意向により、ご希望の方は年齢性別を問わずご参加いただけます』

「マジで⁉　なんてことだァ！」

「ど、どうした、アヅキ。次のプログラムは、それほど重要な物なのか」

「まさかブーケトスまで、境界線のないスペクトラムだとは……うーん、この！」

なぜか後ろに座っていた蝶ネクタイ姿のハルジくんが、席を立って腕を回している。

「テンゴさん、知らないの？　あれ、幸運のアイテムなんだよ？」

「そうなのか」

「ちょっと、ハルジくん！　まさか、取る気なの⁉」

「だって、誰でも参加していいんでしょ？」

当然のように、その隣にいたTHEホスト姿のタケル理事長までアップを始めていた。

「いよーし。いっちょオレもゲットして、あそこに参列してる妙齢の美女たちの誰かに、バリッとプロポーズしてくるかな」

「いやいや、キャバクラの指名じゃないんですよ？」

「え？　結婚式って、そういうノリなんじゃねェの？」

「せめて、二次会で口説くぐらいです！」

このふたりが参加するだけで、あたしのブーケ獲得確率は大幅に下がってしまう。

しかも隣のテンゴ先生まで、ソワソワし始めてしまった。

「亜月様、ご安心ください。わたくしと三好様がいかなる手段をも問わずブーケを奪い、必ずや亜月様にお渡しいたしますので」

「ダメダメ！　直接ゲットしないと、意味ないの！　あと、手段は選んでください！」

ヤバいこれ、マジで大乱闘スマッシュバトルロイヤルになりそうじゃないの。

『幸せのお裾分けをご希望の方は、どうぞ祭壇の前にお集まりください』

待って、ほぼ全員席を立つってどういうこと!?

なんで新郎新婦のご両親以外、みんな花嫁のブーケが欲しいの！

既婚者は下がりなさいよ、新しいパートナーでも探すつもりなの!?

あーっ、パパに肩車されてる子までいるじゃない！

『で、では……たくさんの方に参加していただきましたので、これより花嫁からのブーケトスを始めたいと思います。えー、大変申し訳ありませんが……もう少し、間隔を』

司会者も引くぐらい、祭壇の前に密集した参列者たち。

この瞬間だけは、ソーシャル・ディスタンスもあったものじゃない。

「アヅキ。花嫁がブーケをトスするということは、アタックすればいいのだろうか」

「先生！　それ、バレーボールです！」

「そ、そうか……結婚式とは、難しいものだな」

どうしよう、あたしも先生に肩車してもらおうかな。

恥ずかしいけど、手段を選んでる場合じゃないよね。

いやこの発想、すでに八田さんに毒されてるからダメだわ。

『それでは、花嫁のブーケトス――』

しんっ、と静まりかえったガーデンウェディング会場。

千絵さんが後ろを向くと、あやかしの誰かが操作したのか、いきなり無風になった。

なんとか祭壇の真正面をキープできたと思っていたのに、周囲の女性たちから見えないプッシュがかけられ、ジリジリと横へポジションがズレていく。

しまった、こんなハイヒールなんて脱いでおけば。

『――お願いします！』

ふわっと弧を描いて宙を舞ったブーケを、参加者全員が目で追う。

そしてブーケは放物線の頂点を過ぎ、ゆるやかに下降を始めた。

見える、あたしにも見えるぞ！

このままなら落下地点はあそこだ、ここから手を伸ばせば届くはず！

そこへ向けて一斉に伸びる参列者たちの手、手、手の群れ。

届け、マイハンド――誰にも取らせはしない、取らせはしないぞォ！

「いっけぇぇぇぇ――ッ！」

ぽすっ、と無造作にブーケを手にしたのは――テンゴ先生だった。

「エ……？」

キョトン顔をした先生は、ブーケを眺めたままフリーズしている。

ビミョーな空気が流れたあと、仕方ないかと諦めたような拍手がパラパラと送られた。

「ま、まさか先生が取るとは……」

「アヅキ。これは、やり直しだろうか」

「……いや、それは絶対やっちゃダメですね」

「譲渡することもできない、厳粛な物らしいが……いったいこれには、どういう意味が」

「女性がそれをキャッチできたら……まぁ、次に結婚できるという……ジンクスですね」

「女性限定？」

「幸せのお裾分けという意味では、年齢性別関係なしですけど」

「なるほど――」

もう一度ブーケを眺めながら、その意味をもの凄く真剣に考えていたテンゴ先生。

ようやく顔を上げ、あたしを見つめたままこうつぶやいた。

「――つまりこれで、俺はアヅキと結婚できるというわけか」

一瞬だけ静まりかえったあと、あたしたちは周囲から湧き上がった拍手に包まれた。
それは今日の新郎新婦に送られたものと、同じぐらい温かく。
あたしとテンゴ先生の距離を優しく知らせてくれていた。

この作品は、小説投稿サイト「エブリスタ」に掲載されていたものに、加筆修正しております。

光文社文庫

江《え》戸《ど》川《がわ》西《にし》口《ぐち》あやかしクリニック5　ふたりの距離《きょり》

著者　藤《ふじ》山《やま》素《もと》心《み》

2020年9月20日　初版1刷発行

発行者　鈴木広和
印刷　豊国印刷
製本　ナショナル製本

発行所　株式会社　光文社
〒112-8011　東京都文京区音羽1-16-6
電話　(03)5395-8149　編集部
8116　書籍販売部
8125　業務部

ISBN978-4-334-79086-8　Printed in Japan

組版　萩原印刷